似水流年

黄旭◎著

岁月一条河。感慨颇多。流年似水不蹉跎。海角天涯航路远，荡漾清波。烟雨梦华蓑。玉立青萝。倾听布谷唱渔歌。锦瑟银弦奇妙曲，舞袖婆娑。

——调寄浪淘沙令·似水流年

華文出版社
SINO-CULTURE PRESS

图书在版编目（CIP）数据

似水流年 / 黄旭著. --北京 : 华文出版社,
2023.5

ISBN 978-7-5075-5801-2

Ⅰ. ①似… Ⅱ. ①黄… Ⅲ. ①散文集—中国—当代
Ⅳ. ①I267

中国国家版本馆 CIP 数据核字(2023)第 080076 号

似水流年

著　　者：黄　旭
责任编辑：谭　笑　修文龙
出版发行：华文出版社
社　　址：北京市西城区广安门外大街 305 号 8 区 2 号楼
邮政编码：100055
电　　话：总编室 010-58336239
发行部 010-58336267　58336253
责任编辑 010-58336237
经　　销：新华书店
印　　刷：北京建宏印刷有限公司
开　　本：850×1168　1/32
印　　张：9.5
字　　数：173 千
版　　次：2023 年 5 月第 1 版
印　　次：2023 年 5 月第 1 次印刷
标准书号：ISBN 978-7-5075-5801-2
定　　价：78.00 元

拨动你的心弦

序

作者喜欢音乐，喜欢弹吉他，生活中的感受常常会触动她的心弦。因此，才会像泰戈尔所说的那样：“让你的指尖触动我生命的琴弦，让音乐成为你我合奏的佳篇。”

公交车上一对父女的对话就像是指尖触动了她生命的琴弦，唤醒她心底的思念。于是，父母的爱像一个个音符从她心底涌出，回忆如潮水般澎湃，穿越时空，仿佛父母又回到自己身边，音容笑貌历历在目，一件件看似平常的往事却发散着父母爱的阳光……

街上卖羊肉串的吆喝声会带她回到自己孩子小的时候和他

一起买羊肉串的情境里，让她回眸孩子成长的点点滴滴……

她看到公园里灯笼般的柿子，会唤起她对家乡的思念、对这片土地的眷恋和在这个舞台上曾经上演的一幕幕话剧……

到市委大院办事，“邂逅”自己中学时代居住的小楼，回想当年小楼和小楼周边的故事，还有母校的同学，这一切仿佛就在昨天……

和昔日的老师在洧水河畔不期而遇，三十年的追忆和对文学的向往，把她对生活、对社会、对自然的感慨化为前进的动力，转化为一曲曲歌、一首首诗、一篇篇文章……

月夜读书、湖畔寻梅、太行观云，她就像一个捡麦穗的女孩，把花开、鸡鸣、春风、细雨、烟霞、草木、故事、传说捡拾到自己的篮子里，整理成生命的交响曲……

人是社会的人，也是自然的人，每天都要和自己生存的环境打交道，都会被其中的一些事物所触动。但是，每个人都有自己的反应方式。对许多人来说，也许就是作为自己饭后茶余的闲谈，很少会有人把自己的感受诉诸笔端。不是不想写，而是无法写。因为，人人心中有，人人笔下无，只有少数人能把自己的感受留在本子上、留在博客中、留在空间里，而把感受留在书刊上的人更是少之又少。本书作者便是少之又少的人之一。

作者的指尖触动了自己生命的琴弦，才有了这本《似水流年》。然而，作者的指尖能不能让读者感动，能不能和读者产生共鸣，能不能触动读者生命的琴弦，能不能合奏出新的壮丽的诗篇？有幸作为这本书的读者之一，反复看了几遍之后，感觉这本书之所以值得推荐，第一，是因为作者含着真情实感，对国家、对家人、对家乡、对生活、对自然倾注的一片爱心。真情实感才能让自己感动，也才能把这种感情传达给读者，把作者和读者的感情连接起来，从而引起共鸣。这是这本书的第一个特点。

第二，是文笔流畅。文从字顺说来容易，其实真正做到却很难。作者为了做到这一点，不厌其烦地数易其稿，反复修改，使文章如行云流水，把作者和读者的思路连接起来，让读者更易于接受。

第三，是诗情画意。作者作为中华诗词学会会员，不仅能吟诗填词，而且在散文里也能打造有画面感的诗境，更好看、更耐看，把作者和读者的视觉连接起来，让读者喜闻乐见。

第四，是悦动旋律。作者作为舞蹈教师和新郑市音乐家协会会员，注重开拓作品的动感和乐感，把作者和读者的律动连接起来，让读者能够有“悦读”的感受。

作者说，她是弹着吉他写这本书的。不知道读者诸君是否相信，至少我信，因为我在作品里感受到了生命的律动。

如果说这本书有什么缺憾的话，我以为是有时候惜用标点，使有的句子显得比较长一点。同时，夹叙夹议虽能让文章显得生动活泼，但这个度比较难把握，所以，有个别记叙性散文议的成分稍微多了那么一点点。尽管如此，瑕不掩瑜，并不影响读者的阅读。

受作者之托，啰啰唆唆写了这段文字，也不知道是不是隔靴搔痒，更不知道作者和读者是不是满意，希望作者和读者批评指正。

是为序。

河南省白居易故里研究会副会长　靳　录

2022年5月1日

寻梦，在似水的流年
自序

深秋午后，我在阳光下漫步，草坪散落着片片金黄，枫叶如火，月季依然迎着太阳盛开着。这个季节虽然少了春天特有的萌动情愫，却依然充满生机。朋友曾伤感地说，那是谢幕前最后的烂漫，或者是生命最后的璀璨，无论最初，还是最后，只要绽放过、美丽过、快乐过、温润过这个世界，那么这朵花的生命就完成了它的饱满与丰盈。

每一片落叶，每一瓣落花，宛若季节留下的一个梦，一段故事。落叶翩翩的季节，沉醉在风中常常会恍惚，觉得自己就是一片落叶，在岁月的风中舞蹈，在春风夏雨的繁花似锦中沉醉，在秋风冬雪的凋零落寞中失落，拥有过、快乐过、绽放过、美丽过。多情的秋赠我一首诗、一幅画、一片叶、一朵花，在我俯身捡起的瞬间，犹如捡起一段段遗落的梦……

“蒹葭苍苍，白露为霜。所谓伊人，在水一方。”踏遍三千红尘，少年郎在《郑风》诗韵中苦苦寻觅他的“伊人”，而我，撑了一支长篙，在时光深处漫游，在溱洧秋波里寻着旖旎的文学之梦……

中学时代的郑韩文学社，开启了我最初的文字梦，这梦伴随了我整个学生时代、青年时代，亲历了我多思多梦的青春时光，留下了难忘的记忆。犹记得1993年第一场不期而至的飘雪，给了我无尽的欣喜，我在雪中遐思，在雪中沉醉，留下雪的片片私语。

安静的夜，晚风轻吹，夜虫鸣唱，花开无声，如水的月色更增加了夜的静谧，倾听内心的声音，选择一种最舒心的方式安放自己的灵魂，让生命之旅沁润书香。喜欢在潇潇的雨夜倚床而卧，一盏灯、一杯茶、一支香、一本书，风和雨在窗外自飘自洒，体味那种“梧桐更兼细雨，到黄昏、点点滴滴”的情愁，一种挣脱于尘世之外的淡泊，一种逃离于人群之外的闲散与静谧。快意之余，你或许会微笑着对自己说一句：孤独，很美！夜读，很美！

“你是我久别重逢的欢喜，是梦里千万次的回眸。”有一种眷恋总是在湖畔。喜欢在湖畔散步，喜欢湖畔的花开花落，喜欢湖畔的细雨微风，眷恋那一片静与美，遇见湖畔的少女心。

“西苑蝉歌还清唱，南桥已是新秋。”有一种想念总是在秋季，想念秋的云淡风轻，秋水共长天一色，风与黄叶的舞蹈，雨与大地的缠绵，以及那一片金黄与火红极致的浪漫。在这初秋，想与你一起，捧一颗欣喜的初心，挽缕缕薄云，聆听那一曲静谧的“秋日私语”。

为什么我的眼里常含泪水？因为有一种情怀，叫作梦里的乡愁。故乡的云霞，故乡的明月，故乡的小路，它记载着我与父母的亲情，承载着我的少年往事，散发着醉人的芬芳，是酸酸甜甜的味道。曾偶遇一对父女，两人温馨的对话引起了我的好奇，这个小女孩太像童年的我。我顿时想起多年来深爱我的父亲，父爱的篇篇章章激荡着我，呼唤着我。回忆滚滚，思念如潮不息，树欲静而风不止，还未来得及好好陪伴父亲、感恩父爱，这个赋予我生命、倾尽毕生深爱我的男人却已永远离开了我的世界，泪水不禁溢满了眼眶，淌满了脸颊。记忆的大门被打开，父亲的阳光，父亲的来电，和父亲一起看海……

三十年时光飞旋，我的文学梦曾被搁浅，却不曾磨灭。“溯洄从之，道阻且长。溯游从之，宛在水中央。”纵然“昨夜西风凋碧树，独上高楼，望尽天涯路”，纵然“衣带渐宽终不悔，为伊消得人憔悴”，纵然“众里寻他千百度”，纵然“伊人”虐我千百遍，依然无怨无悔，执着追求如初恋。2020年年末，一个偶然的机会，与当年新郑日报社的文学编辑山歌老师不期而遇，此时的山歌老师已是一位作家、诗人，对当年的文学青年依然不吝鼓励，慷慨指点，积极鞭策。我深受激励，于是静下心来，记录生活点滴，传递冷暖情怀，留住温暖感动。

2021年伊始，散文集《似水流年》初次提上日程，历时近一年，其中的艰辛不言而喻。也经历了从最初的自信，到怀疑，甚至焦虑到想放弃的心路历程。

流年寻梦，初心依旧，度过一个个如歌的晨昏，苦并快乐着。流年逐梦，凤凰涅槃，迎来一次次如诗的黎明，快马更加鞭……

一路走来，感谢恩师的谆谆教诲，感谢诸多文友的热忱鼓励，感恩转角之处的不期而遇，感慨每一个难忘的瞬间，无悔虔诚的追寻。愿散发着淡淡岁月幽香的《似水流年》给你带来一些温暖与感动。文学之梦苦乐参半，唯愿与它诚挚相随。

黄　旭

2022年10月

目录

大爱无疆

和谐之家

柿梦甜甜

邂逅小楼

湖畔寻梅

雨中听雨

遇见传奇

月夜清歌

大爱无疆

父母的爱，如寒冬里的熊熊炉火，永远温暖我的心房；如黑夜里的一盏明灯，永远指引着我的方向，照亮我的迷惘。

温馨父女俩

早晨的公交车上，上来一对父女，女儿五六岁，爸爸三十岁左右。

小女孩跑得很快，年轻的爸爸紧紧牵着她的小手找到空座让她坐下，然后在旁边坐定，车内开始广播："本次公交车开往下一站……"小女孩问爸爸："爸爸，什么是本次车呀？"男子柔声回答："就是我们坐的这个车呀，就像说自己是本人。"女孩又问："爸爸，什么是本人？"父亲回答："本人，就是你对自己的称呼。你就可以叫自己本人呀。"女孩又问："爸爸，什么是称呼？"父亲："称呼呀，就是自己的名字呀……"听着男子不厌其烦地回答，我不由得心中一动，仔细打量父女俩，小女孩留着齐刘海短发，漫圆的小脸，大大的眼睛，坐在车座上，靠着爸爸撒娇，真是个萌萌的小可爱！年轻的男子边回答边看着女儿，满眼都是疼爱，轻轻把女儿头发上的小星星拿下来说："看，你的贴画！"女孩娇憨地笑起来……

这个小女孩，真像童年记忆中的我，也是这样的漫圆、白白的小脸，齐刘海短发，大眼睛，一副呆萌的模样。我的父亲，也是三十多岁，瘦瘦的身材，也是这样的温柔如水。儿时我和母亲生活在乡下，父亲在县城工作，周末会带回来两个雪白的馒头，用蓝手巾紧紧地系着，然后父亲再返城的时候，我常常闹着要跟父亲去城里，父亲笑着问我去县城干什么，我说去吃白蒸馍呀！于是这个去吃白蒸馍的典故在我家流传至今，成了笑谈。周末父亲回家，除了带馒头，也会带一些文具、图书，或者在中秋节、腊八节来临之前买月饼、苹果、花生和红枣。还记得父亲每次回家，一进院子，不等他支好车子，我都会兴奋地冲过去在自行车后边的帆布袋里翻找，父亲就会笑起来。父亲还会给我讲城里的事情，讲很多故事，从不厌烦。

小学三年级我来到县城上学，晚上只要有空，父亲就会带我去电影院看彩灯，电影院楼顶一圈五颜六色的灯泡吸引着我。去往电影院的路上，父亲温暖的大手牵着我的小手，小小的我拉着父亲的小拇指快步跟着，那种幸福感至今依然难以忘怀。有个情景也是至今记忆犹新的，小时候跟着父亲一起出去，碰见父亲熟人打招呼："哦，这是你家小妮儿?"父亲总是笑着很自豪地说："是啊，俺的小妮儿!"

父女俩的温馨画面至今仍清晰印刻在我的脑海，不曾有半丝衰减，随着时光的流逝，反而越来越清晰……

假如父爱可以穿越

公交车向前行驶，语音报站提示："各位乘客，实验高中到了……"公交车上父女俩的温馨对话还在继续。小女孩又问："爸爸，什么是高中？"父亲答道："高中啊，就是哥哥上的中学呀！"

……

中学时代我是和父亲一起度过的，母亲在乡下，平时父亲给我做饭、洗衣服、辅导作业，事无巨细地关心。周末父亲骑车带我回家，二十里路程、近一个小时的时间成了父女俩的交流时间，我的学习、思想、交友等，父亲都要一一过问。农活间隙父亲也会不失时机地和我交流，和父亲在一起，心里总是充满了备受宠爱和重视的快乐与满足。都说母爱似水、父爱如山，然而在我成长的道路上，父亲却以耐心细腻、温柔如水的爱陪伴、呵护、引导着我，但也有过严厉批评……

“爸爸，爸爸，大学是什么，也是幼儿园吗?”女孩欢快的声音又一次惊醒了我的谩忆，听到父亲依然温柔地回答：“不是的，宝贝！是20岁的哥哥上的学校，知道吗?”女孩一下子跳起来，拍着小手兴奋地说：“爸爸，我长大了也要上大学……”

记忆的镜头再次切换，初中毕业我上了一所职业中专，学费高且不管分配。为了让我有一技之长，父亲省吃俭用坚持让我读完，毕业后又为我的工作四处奔波，之后又开始为我的婚恋和家庭操心，为我的小事大事、人生抉择殚精竭虑，甚至为了让我安心工作、生活、照顾好孩子，父亲25年如一日默默地照顾我瘫痪的母亲，像蜡烛燃烧自己、像春蚕吐丝奉献自己，直至生命的最后一刻……

陪伴是最长情的告白，陪伴是最动人的温暖。父亲以他宝贵的生命之光陪伴滋养着我，以他高尚无私的品格影响着我、指引着我、照耀着我，甚至成年之后我对父亲的依恋远远胜过任何人，这一切都是潜移默化、终生难忘的！我的人生不觉已过半，还未来得及好好陪伴父亲、感恩父爱，这个赋予我生命、倾尽毕生深爱我的男人却匆匆、永远地离开了我的世界……

岁月滚滚、回忆飞旋！假如爱可以穿越，假如一切可以重来，我想回到从前和父亲重温幸福；我更愿回到20岁重新选择，像贾玲那样穿越时空，来陪伴父亲，无病无灾、无磨难、一生幸福无忧。

下车之际，我不禁再次望向这温馨的父女俩，无论时光怎样飞逝，亲情依然是永恒的旋律，亲情如歌，父爱永驻！女孩，愿你和父亲尽享这份永恒的欢乐！

老爸的意外

一向健康的老爸病了，这一次是真的病倒了，再不能如往常一样开着三轮车忙忙碌碌到处奔走，做着喜欢的事，忙碌并快乐着，那样的日子忽然之间都变了模样。

一切变化似乎都在不经意中悄悄而来，2016年中秋前夕，老爸突然说感到腰背疼痛，腿也沉沉的，突然行动困难了，几乎走不了路。因为这些年他一直照顾母亲，有腰椎间盘突出和骨质增生的老毛病，就去做了几次理疗热敷，加上喝了中药，终于有所好转。一次去理疗回来，到了家门口就要推门进去的时候，电动车突然后溜了一下，老爸下意识去抓电动车被带倒在了地上，送医院后检查为髋骨骨折，做完手术后开始恢复。然而春节期间老爸的病情起了变化，浑身疼痛、消瘦无力、吃不下饭，晚上也睡不好，甚至嗓音嘶哑，说话也没了气力。正月初九入院，检查竟然是骨髓瘤，已经扩散了！

从意外摔倒骨折到过后锻炼恢复，老爸一直都很坚强很乐观。春节期间每天从卧室到客厅，咬着牙忍着腰背的疼痛坚持锻炼，已经可以借助拐杖行走五六个来回了。这些进步给了老爸莫大的信心，也给了我们很大的安慰。这些年老爸一直在照顾多病的妈妈，为我们这个大家庭任劳任怨地无私奉献着，让我们兄妹三人拥有了安稳的工作和生活，现在老爸还一心想着早点好起来，不给儿女增加压力和负担。我的老爸心里永远是替儿女们着想，从未想过自己轻松享受。可无情的病魔还是吞噬了老爸的幸福，给了我们重重的当头一棒。我怨恨上天的不公和残忍，也悔恨自己未能让父亲享受天伦之乐！这也成了我永远无法弥补的遗憾。

父亲的阳光

病中的父亲，住在新郑市人民医院16楼病房里，整日整夜躺在病床上，与氧气瓶、输液瓶、药物为伴，与阳光咫尺天涯，无缘相见。出去转转，见见阳光，晒晒太阳，常人最正常不过的生活一时竟成了他难以抵达的彼岸。

父亲白天清醒时会急切地说："扶我起来，穿好衣服，我想下去转转，得见见太阳，要锻炼，锻炼才会好起来。"

那段时间，每到夜晚，世界都睡了，父亲还醒着，这是他思维最活跃的时间，总是整夜整夜睁着眼说："给我穿好衣服，扶我坐起来，让我下去，让我在阳光下坐坐走走。"然后不停地喃喃自语："我的阳光啊，我的阳光，有阳光就好了！"常常到了凌晨4点多，才昏昏睡去。

因为不能坐起来，更因为不能行走，下楼出去在阳光下走走，成了父亲心中唯一的、最真切、最强烈的念头，甚至成了奢望。

多年来一直在阳光下忙忙碌碌坚强乐观的父亲，一直为家为妻儿老小奔波操劳、身体健康不曾倒下的他，就这么突然被无情的病魔缠住了手脚，困在了病床上，动弹不得。父亲忍受着常人不能忍受的疼痛与折磨，每次翻身更是痛不能忍，呼号不已。每天的翻身拍背、排痰，卧床病人常规的康复项目成了父亲最难以忍受的酷刑。每当此时，我的心便揪作一团，我多想代父亲忍受折磨，让父亲坐起来、走出去，到阳光下走一走、转一转，陪伴他度过生命中最后的时光。

父亲，今天的您已经抵达另一个世界，愿新的世界没有病痛，只有鲜花盛开，洒满阳光，永远，永远……

不离不弃

20世纪80年代初，妈妈因车祸导致双腿粉碎性骨折，在送往许昌骨科医院的途中，爸爸得知消息后请了长假，第一时间赶到医院，日夜守在妈妈身边。面对突如其来的灾祸和身体的重创，妈妈痛苦、恐惧、灰心，说干脆截肢吧。爸爸耐心地劝说妈妈配合医生治疗。

在爸爸的劝导和长达一年的悉心照料中，妈妈保全了双腿，并于一年之后康复出院。

住院陪护期间，爸爸抽空回家看望年迈的爷爷奶奶，照顾我们的学习，去找村干部和学校报销妈妈的医药费，然后坐火车赶回许昌，爸爸辛苦忙碌的疲惫身影，令我至今记忆犹新。

1995年，妈妈第二次脑中风导致偏瘫以后，爸爸放弃了自己热爱的事业，提前退休，悉心照顾着妈妈的一日三餐和日常起居。为了防止妈妈肌肉萎缩，每天天不亮，爸爸就搀扶着妈妈到户外走路锻炼，晚饭后推着妈妈出去散步。怕妈妈在家觉得闷，爸爸就推着轮椅或骑上三轮摩托带着妈妈出去散心。

后来，在大哥的陪同下，爸爸带着轮椅上的妈妈坐飞机还先后到了北京、厦门、桂林等地旅游，看升旗，登长城，看大海……圆了妈妈多年的梦想。家里的轮椅换了不止一个，我童年坐过的童车也被爸爸历时几个月硬是改造成了妈妈的小推车。妈妈吃不了硬的饭菜，早晚饭爸爸都用鸡蛋面粥泡馒头蛋糕，或是煮红薯、南瓜喂妈妈吃。中午把煮软的面条或饺子盛到碗里捣碎喂妈妈吃。

有一段时间，妈妈吞咽不下，爸爸看在眼里急在心里。他在医生的指导下买来青柠檬，一天三次用棉签将柠檬汁一点点抹到妈妈喉咙里刺激唾液分泌，强化吞咽功能。妈妈的吃喝拉撒都是爸爸亲力亲为。

有一次周末，我回家看望父母，一进门，眼前一幕让我惊呆了。妈妈因为久坐，大便困难，憋得脸色通红，爸爸戴着一次性手套弯腰正在帮妈妈排便，汗水布满了额头……

次日一早，我接到爸爸电话，说妈妈在医院打点滴，让我先过去照顾。匆匆赶到医院，爸爸这才说自己刚做了个纤维瘤切除术，需要每天去医院换药，所以才打电话让我过来照顾妈妈。

听到爸爸的话，我的眼泪夺眶而出。一直默默付出的爸爸，没有把自己的健康放在心上，揽下了所有的责任，拖着病体还要照顾妈妈，而这样的事已经不是第一次了！

一次我回家去看父母，看到爸爸正将双手浸泡在一个水盆里。我问他怎么回事，爸爸说前两天做饭烫伤了手，听说用柏枝煮水浸泡伤处好得快。我这才看到爸爸的手背红肿，满是血泡……

回想这些年，妈妈因为车祸、疾病住过医院的次数和时间已无从计算，爸爸陪伴守护的日夜也已无从计算，又辛苦熬过多少个不眠之夜、求过多少医、问过多少药、带着妈妈走过多远的路也已无从计算……

尽管生活给了爸爸种种挫折和磨难，我却从没听到爸爸有过一句抱怨。相反他总是乐观面对，幽默风趣，给妈妈带来快乐，以乐观战胜挫折，以坚强化解磨难。相比对妈妈无微不至的呵护与物质上的极大满足，爸爸却生活俭朴得对自己近乎苛刻，不嗜烟酒、无高消费，对生活品质从没有过高的要求，衣服和鞋子只要不烂仍然在穿。每当我看到别人的爸爸享受着生活的轻松闲适，就会不由自主地想起自己爸爸的付出。

爸爸就是这样的男人，平时话不多，也没有豪言壮语。但他用高尚无私的行动、忘我的奉献精神、高度的责任感，诠释着爱的真谛，践行着不平凡的人生诺言，书写着牵手一生的责任与担当、牵手一生的爱与坚持，将一生最宝贵的年华真诚无私地奉献给了爱人和家庭，也给了妈妈一生的幸福依靠。

大爱无疆

在我的童年记忆中，爸爸不仅是我们家的温暖，更是全村人引以为荣的骄傲。爸爸从开封师范毕业，从小学教师、校长、县广播站的第一代播音员到广播站和住建局两任会计，一路走来，扎扎实实稳稳当当，有文化、有前途、有见识、有担当，倍受亲朋乡邻的推崇和尊敬。

年轻时的爸爸常借助在县城工作的优势，处处热心照顾村里的乡亲，比如每当县城剧院有了新剧上演，爸爸就会及时接上爷爷奶奶和村里的老人去看戏，每逢这时，大家就像过节一样欢天喜地。

平时谁家有事求助，比如学生上学、找工作之类，只要力所能及，爸爸总是想办法让乡亲们满意而归。

爸爸也是热爱学习、心灵手巧的人，业余时间喜欢钻研无线电维修，他在县城东街创办了广播站的无线电维修部，周末回家也热心地为左邻右舍服务，深受大家好评。他还喜欢钻研理发技术，家里有一套理发工具，平时除了给自家人理发，也常常热心地为邻居、同事理发。

像所有中国传统大家庭的长子一样，多年来爸爸爱心满满、无私付出，对父母孝敬，对弟妹爱护，对侄子、侄女、外甥、外甥女视同己出、关爱呵护。周末爸爸从城里回来，总会提前从大院食堂买两个白面馒头，一个留给爷爷奶奶，一个留给我们吃，或者给哥哥和我买书籍、文具等，带给我们很大的惊喜。

爸爸除了用微薄的工资照顾一家人的生活，还尽可能照顾弟弟、妹妹，甚至从方方面面为邻居提供帮助。

记忆中我叔叔家的堂姐堂兄、我的两个姑表弟在县城读中学时都曾在我们家暂住过，五大伯家的堂姐读高中时期，周末回不了家，爸爸就成了传递衣物食品的爱心大使，大娘感激地称他为“运输大队长”。每逢过节时家里改善生活，也必定提前叫上我的几个哥哥姐姐回家来吃饭。后来哥哥姐姐们毕了业，爸爸开始四处奔走托人找关系帮助安排工作。

爸爸以数十年如一日无私、忘我的爱与奉献，赢得了亲朋好友和邻居的极好口碑，因此连续多年荣获“新郑市最美家庭”“精神文明优秀个人”“河南好人”“中国好人”等荣誉称号，多家省内媒体不止一次前来专程采访报道，拍摄了纪录片《金婚·牵手》，国内多家网络也争相报道爸爸的事迹，爸爸的高尚品格赢得了社会各界的高度认可和尊敬，弘扬了社会正能量，为文明和谐的社会作出自己应有的贡献，更为子女作出了表率。

荣誉绝非偶然，这源于爸爸大半生的坚守与付出、奉献与牺牲，其中蕴含着不为人知的辛酸、曲折与磨难！而“伟大”一词，则凝聚着爸爸倾尽毕生的赤诚与大爱！

爸爸，如一头默默耕耘的孺子牛、老黄牛，如默默吐丝的春蚕，更如燃烧自己、照亮别人的蜡烛！一生鞠躬尽瘁，大爱无疆，满腔深情，他的付出感天动地……拥有这样的爸爸，让我由衷地感到自豪和骄傲，爸爸的精神与情怀犹如茫茫大海上的一座灯塔，亦如漆黑夜晚的一盏明灯，永远照亮我前进的道路，引领我的航行，激励我的前程，温暖我的一生……

一起去看海

以前，父亲曾说，想到海南走走，看看那里的海，感受一下南国的风景。那年冬天，我和父亲一起登上了去海南的飞机，终于帮他圆了去海南的梦。

七月，送走了母亲，办妥了一切。辛苦的父亲终于得以放松下来，开始筹划着趁着身体还好，出去走走看看，以圆多年的梦想。

只要梦在，无疾病之虞和杂事困顿，去哪里都不是问题。我们都很支持父亲的计划，父亲经过咨询比较，选定了心心念念已久的三亚。叔叔、小姑、父亲和我四人按照旅行社的安排集体飞往三亚。

海南游，主题当然是看海、亲近海水，以及坐船、吃海鲜、泡温泉、篝火晚会等。在三亚，我们首选亚龙湾景区的天涯海角。初次面朝大海，头顶着南国的一方蓝天，碧海蓝天、海阔天空、沧海桑田、海誓山盟、海枯石烂、海天一色……这些与海有关的词汇一起涌上脑海。

站在大海面前，情不自禁地用力张开怀抱倾听大海深处的阵阵涛声，感觉大海的辽阔、天涯、海角的遥远，以及自己的渺小，心潮随海水一起澎湃，思绪随海风一起飞扬，感慨同浪花一样涌动……是呀，飞越大半个中国，带着万水千山的思念，怀着积攒了大半生的向往来到海南。南国阳光如此明媚，海风海浪就在眼前，椰林沙滩触手可及，空气中还飘着一丝丝咸味，海边的礁石、各种贝壳，谁看到能不兴奋呢？

父亲像个惊喜、兴奋的孩子，不时招呼我弯腰捡拾着许多奇形怪状的贝壳、牡蛎壳、珊瑚块，在礁石上、在南天一柱、在天涯海角石前留下开心的笑容。

如果说上午看到的是大海的柔情款款，海水湛蓝，海面平静，沙滩洁白细腻，海水温热宜人，站在海水里倍感舒适，那么下午看到的则是海的喜怒无常，不仅沙滩颗粒粗糙，海水变成灰蓝色，而且波涛阵阵，海浪翻滚，还淋了一场不宣而至的大雨。

傍晚回到宾馆，我们惊喜地发现推开阳台的门就是大海，大海如此贴近！晚饭后时间还早，我陪着父亲到海边走走，吹吹海风，看看夕阳。父亲脱了鞋子，走在海水里感受大海的浪漫。我和父亲一起走在柔软的沙滩上，眺望天边如火般的晚霞，沐浴着带着咸味的海风，看远处雪白的浪潮涌动。海水在风的推动下一波波漫向海滩，耳畔是大海的涛声，萦绕大半生的夙愿终于成真，可以感受到此时此刻父亲的心已经完全融入大海的韵律，全身心地沉浸在这来之不易的幸福当中。我哼唱起“小时候妈妈对我讲，大海就是我故乡”。父亲渐渐有些默然，他的内心潮汐一定也在涌动吧。是在将脑海中曾想象的大海画面与眼前的景色交融，还是想起了年轻时的梦？或者想象着和母亲一起在海滩上漫步，想起心底的遗憾、怀念着和母亲相伴一生的时光？金色余晖中，父亲脸上洋溢着微微的笑意，眼里有一些泪花在闪动……

次日我们去了分界洲岛乘坐游艇绕着近海游览，父亲坐在靠窗的位置，专注地看着窗外。每当对面快艇驶过，海水和游艇随波动荡，便引起我们一阵阵惊呼，一阵阵欢笑。父亲开心地和叔叔、小姑谈论着、分享着激动的心情，我也拍下一段段视频。下了游艇便是洁白的沙滩，海风徐徐，波浪轻柔，如此美好的时刻，不亲近大海岂不是一种遗憾？已经有游客穿着泳装在大海里游泳、冲浪，我们只是脱了鞋子蹚着海水捡拾贝壳、牡蛎壳、珊瑚，这或许是父亲一生中最为轻松快乐的时光。

面朝大海，我许下一个虔诚的心愿，愿父亲永远拥有这份快乐，此生、下一生……

萱草之辉

中学时代，母亲在老家，大哥高中住校，二哥和我跟着父亲在县城读书、生活，周六回老家和母亲相聚。我已渐渐不习惯和妈妈撒娇，依赖也少，放了学自己读书、做功课、洗衣服，倒是性格温柔的父亲陪伴我的时候多，耐心地给我讲学习、讲生活、讲做人的各种道理，娓娓道来如春风细雨。其实那时候的母亲并算不上“称职”。

但是，在我成长期间，母亲对我一直非常宠爱，放假回老家时，很少让我干农活、做家务，任我看书写字、自由发展，以致很多家务都是在我结婚生子之后才学会的。

母亲给予我的爱，我始终铭记：一岁时全家在郑州二七纪念塔下照了全家福，母亲抱着我很温柔；母亲遭遇车祸在许昌医院一年，我休学一年；母亲躺在病床上还为我织毛衣，给我制订学习计划，监督我学习、读书、练字、写日记。我成年之后对文学的热爱、做人的品质、做事的专心认真，都与母亲那时的严格教导密不可分。母亲病愈出院后，我到县城上学，中途插班没有教材，母亲就找邻居家男生借来上课用书，熬了好几个夜晚，亲手为我抄下完整的语文、数学书，让我安心上学。经母亲给我指点的作文每次都被老师当范文读，当班主任孙老师了解到我的手抄本教材来历，了解到我母亲的经历后，感动地说：“孩子，你有一位好妈妈！你的妈妈很了不起！”

小学毕业考试，母亲特意提前给我做好了新的上衣和花裙子，买了新凉鞋让我穿着去考试。中学期间不在母亲身边生活，有一次母亲借来县城开会学习之机，给我买了一条漂亮的红纱巾放到我的枕边。中招考试前夜我紧张得睡不着，母亲搂着我睡了一个晚上，让我的情绪得到了缓解，助我应考。

1999年4月，在我顺利生下儿子后，守候了一下午正在打盹的母亲突然接到了女婿报“母子平安”的电话，激动地说了一句异常清楚的话：“好了，我终于放心了！”

月子中，母亲要求女婿背着她上到四楼我的家里，非要亲眼看看我们母子，并带来了一大兜的小孩棉衣，厚的、薄的都有。当这些衣服一件件被打开的时候，我的眼泪哗地涌了出来！我的母亲，她是怎样用一双颤抖变形的手一针针缝制成这些衣服？对她来说这绝不是一件小工程，这是何其艰难的工程，何其伟大的母爱！

我一直喜欢台湾诗人余光中的《乡愁》，最喜欢那一句："小时候，乡愁是一枚小小的邮票，我在这头，母亲在那头……"

去年，我在合唱团学了一首《母亲的微笑》，每每唱起，哽咽含泪，唱不下去：

> 当我独自在这尘世行走，你的话语在我心头，伴着我千山万水漂流，在我困惑时你的微笑像拈花的那只手。
>
> ……
>
> 当我们相聚在彼岸的船头，你对我笑，我对你笑，你给的思念，无悔的爱，原来一直是凝视我回家的深情眼眸。

一想到我的母亲，我还在这头，母亲已在那头，未及开口，已经泪流。

黎明之忆

母亲节前夜，黎明时分，我仍是睡眼蒙眬，忽听得一声熟悉的：“旭——”我蓦然惊醒，再无睡意，这一声呼唤在耳边听得真真切切，是母亲！最爱我的母亲，最放心不下我的母亲，在温柔地唤我，来看我了！

母亲离开我已整整五年，真的想母亲了。多少回忆，万语千言，就像夜雨中深远缠绵的瞻望，无时无刻不在的惦念、思量。相逢在梦中，梦醒之后还能忆起梦里深重的呜咽，眼角还有泪水……

母亲的一生，是非常优秀的、不平凡的一生。她十五六岁中学毕业，就做了小学语文教师。她热爱教育事业，勤勤恳恳、兢兢业业、风风火火、忙忙碌碌，成绩斐然。大半生的韶华，从青春到华发，从乡村到县城，从民办到公办，爱生如子，倾注心血，陪伴着一届又一届的学生，培养了一批又一批栋梁之材。

记忆中，母亲善良开朗、幽默风趣，一直深受学生和家长的喜欢和爱戴。记得小时候无论走到哪里，大家都尊敬地和她打招呼：“赵老师!”跟着母亲家访，婶子大娘们都会热情地从橱柜里捧出存放不多的花生塞满我的衣兜。

熟悉母亲的人都说，母亲的一生多病、多灾、多难。是的，不仅如此，而且是受尽磨难、坚强不屈的一生。她年轻时在房顶干活摔伤过，出过两三次车祸，得过几场大病，一生三分之二时间都是在医院度过的。最严重的是去学区开会途经铁道时被列车撞飞了出去，双腿粉碎性骨折，被送至许昌骨科医院。经历了几次大手术，躺在病榻上一年时间，配合医生治疗，受尽了伤痛折磨。

母亲每天早早起来架着双拐在大院的操场上忍着疼痛一圈圈地锻炼，还坚持着做家务，辅导我学习、写日记等，没有闲下来过。休养期间，母亲依然积极学习，参加全县教师业务比赛，成绩位居第一。新郑公办教师招考，母亲在繁忙的工作之余积极备考，最终名列第一，考取公办教师资格。母亲是坚强的，每次病愈之后都没有真正休息过。

母亲的一生，是勤劳的一生。儿时的记忆中，母亲一直忙忙碌碌，忙工作、照顾老人和子女、操持家务，还要及时完成地里的农活，因此我的童年时光几乎都是在姥娘家度过。白天和表姐妹疯跑，晚上跟着姥娘睡，因为常尿床，尤其是冬天，半夜里被姥娘从被窝里拎起来痛骂，边骂边换褥子。由此儿时常怨母亲把我送走，如今才理解母亲当时的难处。父亲在外工作，做母亲实在辛苦，做一个兼顾工作和家庭的称职母亲，更是难上加难。因为母亲一贯敬业、忙碌，很晚了还在改作业备课，也常去县里开会，所以记忆中母亲对我们兄妹的陪伴不多，总是风风火火走四方。

母亲的点点滴滴还有很多很多，填满了我的脑海，每当想起，泪水总是浸满我的双眼……

报　答

对母爱真正的报答，是1990年母亲第一次住院之后幡然醒悟的。

突如其来的一场脑中风和心脏疾病打倒了母亲，不能说、不能动，吃喝拉撒更是浑然不觉，母亲为社会、为家庭奉献了大半生未曾停歇，突然一病不起，这让一心只读圣贤书，两耳不闻窗外事的我傻了。那年我19岁，中专二年级，一夜之间突然长大，明白了自己的使命。

父亲和两个舅妈先在医院轮流照顾，考完试我从郑州回来，日夜守护在母亲身边，一刻不离地照顾着，整个暑假看着母亲安静地躺在那里，消瘦无力，第一次懂得了心疼。

母亲第一次中风，通过及时治疗和精心照料很快就痊愈了。母亲第二次中风是在六年后，我婚后的第一个春节，父亲提前办理了退休手续，我们在医院日夜守护母亲一个月，她却未能痊愈，落下偏瘫后遗症，生活已经完全不能自理。

瘫痪后，母亲不能说话。但是看得出母亲也是喜欢浪漫且容易满足的人，逢到母亲过生日买个蛋糕、买衣服鞋子，或者母亲节送一束康乃馨，母亲便会笑得很开心，高兴好一阵子。全家坐在一起吃顿饺子，父亲总是把饺子盛到碗里亲手用勺子捣碎、晾上，然后我给母亲脖子上围上毛巾，一勺一勺喂给母亲吃。母亲爱吃饺子，易下咽，吃完了饺子，母亲会点点头含糊不清地说："好吃！"

2014年11月，母亲再一次因脑出血住院，我们兄妹几个守在医院二十多天直至母亲痊愈。

随着年岁的增长，70岁以后的母亲身体和精神已大不如从前，虽然父亲还是一样精心地照料，她还是白天醒着打呼噜，晚上不睡，吃得也少。

母亲年事已高且身体和精神状态每况愈下，侍奉一天便少一天了。每每想到这些，我侍奉母亲时更是小心翼翼，从不敢懈怠，学着父亲认真、细致、耐心地做好一日三餐及日常护理、药物搭配等细节。每年父亲的单位组织老干部出去旅游或者有事需要外出几天，我就住在父母家里侍奉母亲。

照顾母亲的很多细节，至今想来依然历历在目，记忆犹新。首先是母亲的每日三餐和吃药，因为母亲的牙都掉了，饭食须软。早饭是稠乎乎的鸡蛋面粥泡馒头或者蛋糕；午饭是煮得很软、捣得很碎的面条或饺子，保证肉菜面食齐全、营养全面；晚饭是红薯粥或者南瓜粥。早饭、晚饭吃得很快，20分钟就能很顺利地喂完。中午饭要慢一点。母亲坐在沙发上，我坐在小凳子上，送入一勺，母亲一口饭要咀嚼十下八下，才能听见咕噜一声咽下，再快速送上一勺，咀嚼、吞咽、再重复。我不时地擦拭着从母亲嘴里流出来的饭和菜，一顿午饭吃完需要1个小时。母亲无法正常地吃药，就要把药片或者胶囊混在粥饭里吃下去。此外，照顾母亲解手是一件颇费体力的事情，让她坐在特制的凳子上解完，我一手抱起母亲一手帮母亲擦拭。母亲已经肌肉萎缩，身体沉，直往下坠，一个人抱不起来，常常累得我腰疼、浑身大汗、尿失禁，两个人瘫倒在地为难到哭。亲身经历了这些，我体会到父亲的不易，更深切地体会到一直很要强的母亲的痛苦与尴尬。

我深感多年来父亲照顾母亲的艰辛与不易，更为自己面对辛勤操劳一生的母亲忍受病痛折磨无能为力而深深自责。

对母亲的思念是我无尽的、永远的痛……

送 别

2015年7月7日，酷暑，父亲中午突然打来电话，用颤抖急切的声音问我在哪里，让我赶快回家，说母亲已经不行了！

放下饭碗，低头快速收拾东西，我已泪奔不能说出一句话！骑上电动车，含着热泪一路飞奔回城，平时要半小时的车程，不到20分钟一路狂奔赶回父母家。

此时，我的母亲已经躺在客厅的床板上了！还是穿着平常的短袖衣，很安详。家里一片忙碌，邻居三哥三嫂、婶子和我二嫂都在，侄子迎上来轻轻唤了一句“姑姑——”，我已无法答应，泪流满面飞奔过去叫了一声“妈——”，跪下去，眼泪不停地流下来。

嫂子哭着告诉我，母亲是吃着饭突然走的，刚吃一口，嘴不动了，眼也不动了，父亲当时在喂饭，以为母亲被卡住了，赶紧拍背，学医出身的二嫂感觉不对，忙唤侄子打120。

急救车来了，抢救了半小时已经没有了作用。

我的母亲，就这样匆匆离世了，而大哥、二哥和我，我们这三个儿女当时居然一个都未能守在她身边（大哥刚到北京陪着大嫂准备动手术，二哥在龙湖工作每天早出晚归）……

今天想起那日母亲走时的情景，写下这些，不禁热泪滚滚。母亲，如您在天有知，请原谅女儿的过错！请原谅离别时刻我没有守护在您身边与您道别……我端来温热水，拿了新的毛巾最后一次仔细地为母亲拭去身上的汗水，母亲的手和脸都还是温热柔软的。其实母亲的四肢在病中一直是伸不直的，在我帮她一件件穿衣服时却异常顺利地穿上了。母亲在天有灵，习惯了女儿的侍奉，最后一次更没有为难女儿，我深深地感谢我的母亲！那最后五天的陪伴，真的是陪伴一天就少一天了，各种的仪式，忙，乱，匆匆地送达殡仪馆，长跪不起的痛哭，告别，一路的哭泣，祭拜，下葬……

“亲戚或余悲，他人亦已歌。死去何所道，托体同山阿。”不管母亲会不会被他人思念，母亲离我而去是我心中永远的悲痛。唯愿母亲在天国里再没有坎坷崎岖，没有风雨伤痛，永远安康幸福！

母亲的馈赠

农历五月二十二，母亲去世五周年。清晨起来，我和大哥大嫂一起回老家探望已故的母亲。

一路上，下了一夜的雨依然哗哗地下着，我们到了老家铁路西的车站，天色放亮，撑了雨伞下车。我们各自提着沉甸甸的篮子、袋子，沿着田间的土路，和着凉凉的风和雨，踩着泥泞，一步三滑，蹚过深浅不一的水坑，走向墓地。地里种满了青菜，因为下雨，并不见种菜人的踪影。我们拿出准备好的供品一一摆上，然后上香、放鞭炮、烧纸、磕头，一切完毕，衣衫已被淋湿。裤腿、篮子和盘子都沾上了纸灰和泥水，磕过了头，收拾罢东西，我们返回田地边。

此时雨渐渐住了，又是一个湿润清新的世界。放眼四望，地里的青菜正拔节出苔，黄花带着晶莹的雨滴和晨露含苞玉立，野生的马齿苋肥嫩鲜美、闪着亮光，于是我们拿了空袋子蹲下身子采摘，满目都是碧绿、肥嫩和新鲜，忍不住贪心起来采摘了满满一袋子。

我们的裤腿、小腿和脚被溅上了泥水，塑料凉鞋也沾满了沉甸甸的泥巴。走在一个连一个的大大小小的泥水坑里，我们几乎迈不动步子，差点滑倒，终于体会到“无法自拔”的感觉。尽管这样，满载而归却也有一些满足。这片父母亲长眠的土地，总是散发着母亲一般的温柔气息，无论什么时候，只要一脚踏上这片土地，接触这片无边的柔软、温厚、敦实，感受到的是如同回到母亲怀抱一样的踏实与满足，就连吹拂过脸颊的斜风细雨也自带着故乡的温柔，空气中弥漫着母爱的芬芳，理所当然地融化了我的心。

因为有了满满的收获，这次雨中回来祭奠母亲也少了一些往日的酸楚，有了一丝慰藉，似乎回到了母亲健在的美好时光。以前每次回去看望父母，我们总是要带回去一些礼品，当我们回城时又常常带走一些家乡的特产，满载着的都是父母亲对儿女浓浓的牵挂和关爱。

是的，我们采摘的不仅仅是青菜，还是母亲的馈赠。从儿时到成年，从物质到精神，满满当当、实实在在，如同父母对儿女的深沉温厚的慈爱，穿越时空，从未消失，一直都在。

在火车开动离开老家的一瞬间，我不禁再次回望父母亲安息的土地，看着离我越来越远的老家，我不禁又想起那首歌《母亲的微笑》：

当我独自在这尘世行走，你的话语在我心头，伴着我千山万水漂流，在我困惑时你的微笑像拈花的那只手。

雨大雨打湿，风大风打湿，你的笑如明月挂在心灵的树梢……你给的思念，无悔的爱，原来一直是凝视我回家的深情眼眸。

想着想着，泪水就模糊了双眼。在我心里，父母的爱，如寒冬里的熊熊炉火，永远温暖我的心房，治愈我的情殇；如黑夜里的一盏明灯，永远指引着我前行的方向，使我不迷惘，给我温暖、勇气和力量。父母已逝，我们唯有告别悲伤，微笑前行，父母的心才会有所安慰，这才是他们最想看到的模样。

云的呼唤

天边飘过故乡的云，它不停地向我召唤，当身边的微风轻轻吹起，有个声音在对我呼唤……

带着梦里常常萦绕的旋律，清晨，我和大哥大嫂一起踏上特殊的“探亲”之路，直奔老家，奔向我父亲长眠的土地。

回老家的路不远，半小时的车程，每隔一段时间都要走上一回。今天却非同寻常，第一是父亲逝世四周年纪念日，第二是恰逢一年一度的父亲节。

既然是过节，一定要与平常纪念日不同。总觉得馒头和肉太俗套，有点敷衍，突然想到刚过去的端午节，特意蒸了几个粽子带上，作为给父亲迟到的“端午礼物”。

承蒙天公作美，今天依然晴空丽日、蓝天白云。墓地周边的土壤干燥平整，不像往年的忌日，不是大雨滂沱就是细雨淅淅沥沥缠缠绵绵，通向墓地的路泥泞不堪让人生愁。

走近父母安睡的黄土冢，拔去杂草，一片安然，一片肃穆，仿佛父亲一贯的威严依旧。摆上供品，焚香、鸣炮、烧纸、祈愿、叩首，静默后准备返程，脑海中浮现父亲的面容，不知为何，这次探望父亲的心情异常平静。老家的土地悉数租给了勤劳的云贵人种蔬菜，此时新一茬的蔬菜刚出苗。不远处菜农正在打药，自动喷淋设施在浇水，透过一片水雾，恍然看见父亲健在时同我们一起来看母亲的情形，慈祥中略带威严的面容，依稀记得那时父亲在菜田中的欣喜，微微佝偻着腰招呼我们采摘些新鲜的蔬菜带回家吃。

如今却物是人非。还是一样的菜田，一样的新鲜，当身边的微风送来泥土的芬芳，我们却没有了采摘的兴致，对钟爱的马齿苋也觉索然无味。

父母离开我们，不过四五年的时光，怎么感觉恍若隔世？是什么悄然改变了我们的心情？我怅然若失，不禁望天，问云。

我看见一大片如凤凰羽翼般翩翩的彩云飘在这片土地的上空，衣袂轻盈长长，裙裾飘逸缠绵。这是远方儿女漂泊不定的脚步吗？还是父母对儿女悠悠的思念，或者是记忆中母亲在家门前对我们迟归急切的呼唤？

我的目光，情不自禁又回到父母亲长眠的土地上，这片土地散发着岁月的淡淡芬芳，珍藏着父母亲身上的暖暖气息，弥漫着儿时绵延不息的回忆。

寒衣节小记

流年似水，秋意匆匆，寒衣节悄然而至，午夜的梦里我仿佛听到了长眠地下的父母亲的呼唤……

一个周三的晚上，大嫂给我打来电话：“后天就是十月初一了，我们早一些回去上坟吧。咱都早点把东西准备好，还是6点半在你家小区门口集合行么？咱早去早回，也不耽误你上班……”

每次快到了这样该回去的时候，大嫂总是提前来电提醒，生怕我迷糊过去了。

夜里早早定了闹钟。6点半，我们乘着黎明的曙光准时出发，沿着中华路、华夏城、蛮子营，再向东向南，很快就到了老家的地边。今天天气挺好，无风、无雨。通往墓地的土路干簌簌的，路南的菜地长出新一茬的菜苗，路北才犁过的菜地干燥松软，散发着亲切的泥土气息，也夹杂着一些农药味。来到父母坟前，也许是雨水太多的缘故，墓冢有些矮平。大哥拿出打火机将香点上，烟雾袅袅升起，摆上肉、馍、水果等祭品，嫂子还备了油炸菜角，纸钱点燃后，我们开始念叨：“爹、娘，过节了，给您俩老送点吃的，钱都收着吧，缺啥买啥，不要再俭省节约了。辛苦了一辈子，您俩老都互相照顾好！也保佑您的儿女、大孙子、大外甥健健康康，平平安安的！孩子们学业、事业有成……”说着说着，在袅袅青烟和簇簇火苗中似乎看到了父母的身影。回望昨天，一切恍若隔世了！

何其相似的场景，何其相似的话语，很早以前逢年过节或者今天这样的时刻，我们只是听祖父母说过，后来又听父母说过，如今又变成了我们在说、在絮叨，或许若干年以后，我们的子孙后代也将这样的重复，这样的轮回……

以前看到这样的场景，听到这样的话语，总是感觉太程序化、礼节化、太老套，没有任何新意，如今才觉得这就是人类最朴素、最诚挚、最虔诚的愿望，是代代亲情的绵绵延续。无论社会如何发展进步，人们观念如何更新，亲情却是始终如一、恒久不变的。

这次的祭品有点简单，两沓黄纸钱，大嫂另买了金条、冥币、元宝之类的祭品，还给父母分别买了冬装一一送上，正好应了寒衣节送寒衣的习俗。祭拜过父母，我们还祭拜了爷爷奶奶和叔叔婶婶，也给本家的爷爷奶奶、伯伯大娘表了心意，祈祷长眠地下的亲人护佑小辈们的生活顺利、安康、如意。

回城的路上，大嫂说：“今年这个十月初一，天气真不错，无风无雨，路好走，不像往年，总是踩得两脚泥，难得没法走。”记得去年的寒衣节，早晨回来，我们走到地边还不到6点，天黑乎乎的，大雨下个不停，路上都是泥水坑，除了雨幕什么也看不见，无奈之下只得返回。

坐在回城的车上，挥别故乡的黎明，奔驰在广阔的大地上，脑海里莫名地涌上一段熟悉的旋律：

祝你平安
哦，祝你平安
让那快乐围绕在你身边
祝你平安
哦，祝你平安
你永远都幸福
是我最大的心愿
……

在这个西风漫卷、落叶纷飞的寒衣节，拾一片黄叶，倾听远方的呼唤，拜托平安的歌声带上我的思念，遥祝天边的亲人平安、吉祥，衷心祈愿这份亲情永远温暖我的四季，并祈愿父母护佑我的家人、我的兄弟姐妹吉祥、如意、安康……

暖暖的爱

大姑给予我们的爱，温柔无边、无微不至。如细流涓涓，如海洋深深，如春风拂面，更如阳光暖暖。少年离家的时期，大姑以温柔的母爱给予我们一个温暖的家，而在之后的漫长岁月里，特别是当我们遇到困难和挫折的时候，大姑也是我们特别坚定踏实的依靠。

大姑和姑父都在医院上班，这些年我们这个大家庭无论谁有个头疼脑热都习惯于求助大姑，而大姑总是第一时间为我们找专家大夫，尽最大能力帮我们解决困难，尽心尽力地帮我们分忧解愁，渡过难关。

2004年，父母先后在郑州做手术，大姑联系了医院的相关专家安排手术，安排好病房和床位。又不顾自己虚弱的身体，每天在家和医院之间奔波，给我们做饭送饭，让我们轮流回去休息，这使我们觉得特别温暖和感动。而大姑这些年为我们如此地奔波辛苦付出，已经数不清有多少次了，这些点点滴滴深深镌刻在我的记忆中……

而大姑多年来对我的牵挂和爱护，我一直铭记在心，记忆尤其深刻。

中专毕业之后，我报考了河南大学的高等教育自学考试。每年的五一、十一两次到郑州考试，每次大姑总是提前给我来电话，让我提前一天到郑州，等我到了郑州，大姑已经提前做好了准备。考试的两天，我带着十个月大的孩子住在大姑家，大姑就帮我照顾孩子，让我安心考试。

2000年夏天，家里买房子、装修，经济压力大，我的头发脱落严重，在本地医院治疗没有效果，就给大姑打电话，大姑很快联系医院的专家，让我直接去找专家诊治。专家开了内服和外用的药，回家后用药一周，碎头发就长了出来，大约三周后接到大姑电话，问我头发长出来没，我说："这药很管用，头发长出来了！"大姑又问，西药吃后有没有什么不良反应，我想起来，服药之后偶尔会心慌。大姑就着急地说："头发长出来了就把西药停了吧，不能再吃了！"按照大姑说的，停了西药，服中药，又持续用擦剂抹头皮一段时间，脱落处的头皮上纷纷长出了黑黑的新头发，大姑的细心让我充满了感动。

平常每次去郑州前给大姑打电话，大姑就会说："你们办完了事就回来吧。什么都不要买，家里什么都有，回来就好！"而我也渐渐养成了一个不变的习惯，只要从大姑家出来坐车回到家，第一件事就是用家里的固定电话给大姑报个平安，让大姑确认我已平安到家，让她放心。不然爱操心的大姑会一直担心我是否平安到家。

大姑不仅关心我们这一群侄儿侄女，更是爱屋及乌，对侄孙们也洋溢着浓浓的疼爱。每当周末或者节假日来临，大姑就会给我们打电话："没事了带孩子来郑州玩吧，一起逛逛公园、吃吃饭！"春天全家出动，集体到月季公园赏月季、吃烤鸭，成了持续不变的约定……表姐一直定居美国，大姑每次去探亲回来，除了给我父母、叔叔和小姑带回来一些营养保健品，还会给我们带各种礼物，比如巧克力、文具、小礼品等。

大姑给予我的不仅仅是亲人的关爱，还有浓浓的母爱，这也一直成为温暖我、陪伴我走过过去、现在和未来岁月的不竭精神动力。

和谐之家

等待的日子，像是坠入了温柔无边的情网。当小小的你初次以独有的方式向我宣告你的来临，我的心就开始了一次甜甜又长长的等待。

等 待

等待的日子，像是坠入了温柔无边的情网。当小小的你初次以独有的方式向我宣告你的来临，我的心就开始了一次甜甜又长长的等待。

等待的日子是甜美的。多少个梦中，你摇摇晃晃地向我走来，伸着两只手，我看不清你的模样，但那种渴盼从此深情地留在了我的梦乡，成为缤纷遥想中最为心动的一瞬间。多少个梦中我揽你入怀，你小小的身体柔软温暖，你可爱的脸蛋天真稚嫩，你甜甜的气息给我欣喜，你的一举一动让我惊奇、让我欢喜、让我心动，给我莫大的安慰，给我无尽的遐想。所有的思绪因你凝结，所有的憧憬因你而生发。

等待的日子是充满希望的。我开始翻遍词典，给你取好听、不俗又有寓意的名字。无论你是男孩女孩，这个名字都合适，朗朗上口，寓意美好，陪伴一生，这将是我送给未来的你生命之初的第一个礼物。我也开始关注胎教、营养与健康、幼教这类书籍，关注婴儿衣服、用品、玩具等内容，总之为了你的到来，为了胜任新的角色，我竭尽全力做着各种准备。

等待的日子也充满了温暖和感动。因为有了你，平淡的日子悄然发生着变化，我重新拾起笔记录这一特殊时期的昼夜心情，留下难忘的回忆，家人也为你的到来积极热心地做着各种准备，棉衣、小被褥、尿布等。因为有了你，我真切地感受到了来自四面八方的浓浓关爱，在街上、在商店、在公交车上常常遇到素不相识的人们的关心和爱护，常常感动，如沐春风。

等待的日子也是漫长艰辛的。伴随着孕期身心的种种不适，最初是头晕、乏力、恶心、呕吐，胃里泛酸。之后随着你的发育，腰部僵硬，胃部开始发胀，吃不下饭。随后是身体的日益笨重，别人都在各种营养的催补下发胖，而我却依然消瘦。

等待的日子是焦虑、不安的。对分娩过程的忐忑与恐惧，不知将要面对何种痛楚挣扎，产后能否胜任新的角色……这些未知的问题也时时刻刻困扰折磨着我。记不得历经了多少个不眠之夜，希望孕期早点结束，希望你顺利出生。然而小小的你啊，居然有如此神奇的力量，鼓舞我承受种种不适、痛苦，义无反顾走向前方。我时时刻刻在期盼着你真正地到来，想象中当你奋力发出生命中的第一声呐喊，我的泪水或许将会为你而流下。

回首曾经的等待，每一次都是虔诚的期盼，每一次都是无悔的守候。我知道，黄叶飘零的梦中有花开的容颜，飘雪的季节深藏着春天的思念，一次次等待都是生命季节的段段历程，张扬着生命的色彩。我知道，你是与春天相约到来的，在早春的守候中，一颗幼小的蕾就要悄悄绽放美丽了……

琛琛童趣集

琛琛一岁多的时候会说简单短句，但是分不清“你”和“我”怎么用，想让大人抱了就仰着小脸伸着小手说：“妈妈，抱你！”或者使劲挤进怀里说：“想抱你！”

有一段时间他和戴眼镜的大舅比较熟悉，只要电视上出现一个眼镜男做的广告，琛琛就会兴奋地跑过去喊：“大舅！”

有一段时间他说话颠三倒四，比如坐公交车经过大姨家对面的广场，突然站起来兴奋地说：“啊，我玩过这儿！”说要下车，问下车干啥，回答：“玩鸽子！”

他说话还不太伶俐的时候，有一次坐车去赴亲戚家的饭局，途经加油站，只听我的耳边一声大叫：“啊，加油弹！”顿时一车人笑喷，气氛空前活跃。

我买了一串冰糖葫芦，他迫不及待一口咬下去，竟然是坏的，第二个可是好的，琛琛很惊喜，问：“妈妈，你给它修了修?”

吃晚饭，爸爸给他掰了半个馒头，不知怎么惹恼了他，大哭，非要爸爸给他安上。

两岁多时，他迷上了模仿交警指挥，每次上街都看交警指挥交通，然后回家开始模仿秀，一招一式像模像样、有板有眼，逗得大家直夸他，于是学得更带劲，成了每天的保留节目。后来奶奶带他在家属院内外表演，一时名气大振，俨然成了大明星，院里的爷爷奶奶、叔叔阿姨们都喜欢看他的表演。

两岁多时，叔叔们喜欢逗他说：“欧耶！”一天午睡起来在院里玩，先是呆呆地愣了一会儿神，然后仰天伸着小手说了一句：“欧耶！”

跟我到单位去玩，如厕后一拉水箱，看到水哗哗地冲下来，他激动地总结：“这厕所可得劲！”

后来他学会了唱国歌，常在路上坐在自行车后激情满满引吭高歌，路人纷纷笑着看他，回头率超高。

他常跟爷爷去体育场打门球，看得多了自己玩着玩着嘴里会突然蹦一句“一号进门！五号进门！”起初大家不知是什么意思，他的爷爷会笑眯眯地解释，他在打门球呢。有一天大家惊奇地发现，琛琛从抽屉里找出小号的不锈钢锤子，找了一颗小枣，蹲在地上煞有介事地打起了门球，还不时念念有词：“一号进门！二号进门！”逗得大家直夸琛琛聪明、有创意。

他常去家附近的一个诊所打针，恐惧极深，直到上了幼儿园，经过那里总是远远绕开，从不走诊所门前的路。

他爱看奥特曼，主题歌唱得也溜，还是日语版的，每遇重大场合都要表演一番，评价极高。

喜欢玩具小猴的男孩

琛琛很小的时候对玩具小猴情有独钟，无论多么昂贵的或是稀奇古怪的玩具都不能让他持久爱好。唯有小猴，一直让他痴迷不已，用酷爱、热爱、迷恋，甚至以无法自拔来形容都毫不为过。于是大家都说将来的琛琛一定是个感情非常专一的痴情男孩。

琛琛的爱猴情结源于偶然。在他不到一岁时，在一个玩具店看到一只挂着的长得奇丑的小布猴，小小的眼睛和耳朵，圆圆的脑袋、细细的胳膊腿儿、大大的脚，身上居然穿着亮闪闪的皮衣皮裤，一捏肚子还会发出叽里呱啦的欢唱。琛琛一下子两眼放光，伸手抓住了小猴，大小握在他的小手里正合适，看到琛琛很喜欢，就买了这只小猴，从此开始了形影不离的爱猴情缘。吃饭时，自己吃一口，拿个小勺子喂小猴一口；喝酸奶也让小猴挨着吸管吸溜；睡觉要把小猴放到小枕头边；上幼儿园也把宝贝小猴带去。上中班时，小猴被别的小朋友拿走了，急得琛琛吃不下睡不着，老师了解到琛琛的爱猴丢了后发动全班小朋友寻找，两天后终于被一个家长送了回来。见到小猴的一刹那，琛琛开心激动地抱着他的宝贝亲了又亲，不停地叫着："小猴你到哪里了？好想你呀，我可找着你了。"

随着年龄的增长，琛琛的爱猴情结更浓了，猴宝贝家族也在不断地发展壮大，已经有大大小小二十几只猴了。大家都知道他的独特爱好，只要遇见猴玩具都会给他买。大的可以抱在怀里，小的还没鸡蛋大，每当闲暇时刻琛琛都会兴趣盎然地沉浸在猴的世界里。用纸箱给猴做房子，纸盒做车子，虽然简单倒也功能设施齐全。给小点的猴用红布做个披风，用纸做一顶高帽子，再配把宝剑，俨然就是威风八面的佐罗了。有时琛琛用纸板画个吉他，画上六根琴弦，裁下来，再打两个眼儿，穿上红色丝线，往小黑眼圈猴儿身上一挂，哇喔，我们的摇滚吉他歌手就要闪亮登场了！最精彩的创意是琛琛入少先队戴上了红领巾，心里美美的，回到家也开始策划小猴的入队仪式了，找了红布，拿个剪子仔细地剪裁起来。吃晚饭时，一条鲜艳的红领巾终于隆重地戴在了小猴脖子上。为了庆祝这一伟大创举，我们特意带他去照了一张合影照片，成了美好的记忆。

爱猴情结给琛琛带来了无穷的快乐和难忘的回忆，陪伴着他的纯真童年，愿这种快乐和纯真永远陪伴琛琛。

傍晚的幸福

刚刚放学的傍晚时分，是学生们一天中最为放松的时候！

放学音乐开始在校园广播里响起来，悠扬的旋律透着一些慵懒、一丝柔软，飘荡出倦鸟归巢的安宁柔静。中学的校门张开了，拥出一个个疲倦的身影，一张张稚气未脱的脸庞上满是轻松和开心。一拨一拨的学生娃背着大大的书包三三两两、呼朋引伴，有的边走边开心地谈论着班里的新鲜趣事，有的想着今天的作业满怀心事、脚步匆匆。一天的功课终于结束啦，虽然身心疲惫，还有好几门作业等着饭后做完，但此时此刻，管它语文、数学、英语、物理，暂且都放一旁。走在刚刚放学洒满夕阳余晖的街上，这个时候他们也许在想，肚子早就饿得咕咕直叫了，快快回家去，家里的客厅一定亮起了明亮柔和的灯光。香气四溢的厨房，妈妈在忙碌着做什么晚餐呢？爸爸几点回来？家里的小狗狗卧在门口处都等得着急了吧？今天的“打鱼晒网，都市报道”节目，又有什么精彩话题呢？

也许是怀着这些期待，一个个加快了脚步。夜幕开始降临，学生娃们陆陆续续回到了各家的楼院儿，有的孩子刚到楼门口就急切地呼唤着妈妈或奶奶。推开厨房的窗子，看到儿子提着书包一摇一晃到了楼前，不由得轻轻唤了一声，儿子一抬头笑起来奔进楼洞。随着一声短促响亮的叫声，楼道灯应声而亮，楼道里响起咚咚的脚步声。随着钥匙在锁眼急速转动，照例听到儿子放学开门之后经典的三部曲，先是少气无力的一句：“妈，我——回来啦！”听到回应之后换了拖鞋，将书包扔向沙发，之后急切地扑进厨房，眉开眼笑地问：“妈，晚上吃什么饭哪？”不等回答，又转身急急忙忙冲向卫生间，一阵稀里哗啦之后，才长出一口气窝进沙发打开电视，稳如泰山，只等开饭啦。

平淡的日子，孩子的幸福就是如此简单：放学回家看到妈妈在忙碌，有温馨的晚餐、好看的节目、可爱的狗狗相伴，还有干净柔软的被褥。妈妈的幸福也是如此简单：忙碌的工作之后匆匆回家，天黑之前给孩子做一顿有爱的晚餐，给孩子贴心的照顾和陪伴，给孩子创造良好的成长空间。每天的傍晚时光都是如此短暂，从傍晚到夜晚似乎就在一瞬间，然而正是因为稍纵即逝的短暂，此刻的幸福才显得尤其可贵，短暂的傍晚，每天就是这样简单地重复着，重复着温馨、快乐和幸福……

放　飞

五月的一个周末，吃过午饭，心情很好，我和琛琛商量：“今天去郊外春游，好不好?”琛琛激动地跳起来，高兴地说：“好！去湖边玩吧，去放风筝！最好带上小白。”我们俩一拍即合，皆大欢喜，于是骑上“私家车”，琛琛坐在后面拿着大鸟风筝，向轩辕湖出发。

顺着人民路一路东行出了迎亲大门，即看到土城墙外有一条往北的路，从这一直向北走，拐到中华北路不远处就是轩辕湖了。路面不宽，很是平坦干净。行驶在路上，两旁是田野，西侧是蜿蜒的城墙，城墙上下长着郁郁葱葱的槐树、酸枣和一些叫不出名字的花花草草。这里的春天似乎姗姗来迟，花草们刚刚被春风唤醒，如雪般的槐花开了满树，甜甜的气息飘过来。城内的槐树也不甘寂寞，纷纷探出身子挤挤攘攘绽放一身的雪白和嫩绿，真正的城内开花城外香！城墙下的桃花、杏花、海棠、白玉兰、紫玉兰、迎春花，红的、粉的、白的、紫的、黄的，一片姹紫嫣红的海洋，一抹抹新绿次第绽放。东侧的油菜花开得正盛，金黄黄的一大片被油绿的麦苗簇拥着，远远望去是一幅色彩柔和协调的画卷，十分养眼。一路走过，浓郁的芬芳扑面而来，蜜蜂和蝴蝶在阳光下翩翩起舞，身心仿佛被香熏了一番，非常惬意。

琛琛特别激动，索性跳下车子，扑向春天的温暖怀抱，迎着春天的暖阳奔跑起来，微风吹起他的头发，扬起他的衣角，看到他眯着眼睛，张开两手像是在拥抱春天。我的心也有了几分微微的醉意，记不得有多久没有这样轻轻松松和孩子一起到田野踏青了，好久没有呼吸到这样干净甜美的空气了。

向前走，经过一座小桥，桥下的河边有人在悠闲地垂钓。桥西是一片树林，看到林子里草地上坐着人，琛琛说了一句："这里可以约会呀！"

边走边欣赏美景，不知不觉轩辕湖就到了。这里的人挺多，有人在放风筝，有人三三两两在湖边散步，有人在湖边玩水，喜欢游泳的人已经下水游泳了。停好车子，选好了岸上一大片平坦的草地，琛琛开始放起风筝来。今天的风很适宜，不一会儿风筝就飘飘悠悠飞上了高高的天空，琛琛不慌不忙地松线收线，慢慢体会放飞的乐趣。其实我们的心情何尝不是如此？繁杂的工作和生活的压力让人身心疲惫，像风筝的线绷得紧紧的。难得有片刻的放松，久了会烦躁，会受伤，适度的放松休息就像手里的风筝一样，放低自己的身心，调整疲倦的身体和心灵，才会有再飞的心情，有更充足的精神，更强劲的翅膀，让自己飞得更高更舒展。一位老者的蛇风筝在天空摇头摆尾、活灵活现。风筝种类不一、形态各异，争相装点着天空的色彩，放风筝的人像我和琛琛一样陶醉在春天的美景和放飞的快乐之中。放风筝的人乐在其中，看风筝的人流连忘返。

风筝放得累了，收起来，走下湖堤，来到湖畔走一走。水边的螺、贝壳、小鱼，水面的摇曳水草，掠过水面的水鸟，远处的野鸭，还有游泳者的侧翻下水和狗刨式，我们找一堆石片打打水漂，都是快乐的源泉。“今天玩得好开心！”我俩异口同声地感叹着，然后哈哈大笑。

快乐的时光总是过得很快，不知不觉凉风阵阵，天色渐晚，于是琛琛和我满载着快乐、开心、满足、眷恋甚至几分春天的沉醉，踏上了回家的路。

考　试

说话间就到了六月下旬，琛琛也迎来了五年级的最后一次大考，看着琛琛天天做卷子，忙得不可开交，我也感受到考试的气氛。考前最后一天，琛琛放学说：“今天一天都在复习语文和数学，好累呀！”晚上老师没留作业，难得轻松一回，于是一起去超市买些好吃的就当是考前减压了。晚饭后我们俩到门口简单散会儿步，早早洗了澡躺在床上，琛琛说：“妈妈，明天早上给我准备一根玉米香肠，两个煎鸡蛋吧。”我问他：“为什么想吃这个？”琛琛说：“当然是要考一百分喽！”这想法不错！

第二天早晨六点刚过，我就起来打上豆浆，煎了鸡蛋，加热香肠。琛琛六点半就起来洗漱完毕，再检查一遍书包文具，在沙发上稍事休息。开始吃饭时，看到餐桌上百分餐已经做好了，琛琛不由得眉开眼笑，坐下吃起来。我问他睡得好不好，做梦没。琛琛说：“睡得好，还做了梦，但是都忘了。”我说：“其实呢，今天是老师给你们布置了一次作业，你们同学在一块儿最后做一次大作业而已。老师陪着你们，你们只管像平时一样认真完成作业就行了，是不是？要比平时多些认真多些细心喔!”琛琛点点头，信心满满地说：“好的！没问题!”吃好喝好后，琛琛换上鞋，提上书包上学了。目送琛琛的背影，觉得琛琛不知不觉长大了许多，逐渐成长得有思想有主见了，我心里很欣慰。

中午回来，琛琛开心地告诉我：“妈妈，上午考试我都检查到了，错题都改过来了，估计数学一定不错。”中午我做了米饭、炖了排骨，琛琛吃得格外开心香甜。第二天上午英语考试，早上一睁眼，琛琛就激动地大喊：“今天考完就放假了，耶!”今日考试百分餐是一根香肠、两个炸糖糕。

一百分不是考试唯一的目标，只要孩子以一个轻松快乐的心态、良好的状态走进考场，尽力发挥，与老师共同配合完成五年级的最后一次场面规模均隆重的作业，完成人生某一段历程的答卷，就可以了!

琛琛同学的高考季

四年前的昨天和今天，正是高三莘莘学子的高考季节，儿子琛琛作为当年的考生之一，也参加了高考，为着实现心愿奋力冲刺。然而，作为母亲，在最后的关键时刻，我却没能陪伴、目送孩子走进考场，确是一大憾事。

2017年6月5日凌晨，父亲病故，我们匆匆赶回老家治丧，一切办理完毕回来，儿子高考已结束。回想那半年，应该是母子俩各自度过的最艰难的时光。对儿子来说，这种艰难，不只是学业上的艰辛，更多的是他终生难忘的一段人生经历。年初的一月份，儿子顺利通过美术类艺术统考，接下来开始报名参加文化课辅导班。因为高三第一学期开始大复习的阶段，也是美术班艺考之前集训的关键阶段，等艺术统考结束只得在文化课辅导班复习备考，然而儿子的一位好友意外离世，让他遭受了人生第一次打击。很长一段时间儿子精神恍惚，晚上失眠，白天无法集中精力复习。他的爸爸带他去医院开了安神药物才有所缓解，所以老师安排的从早6点到晚9点的课程，儿子也只是利用了一半时间。每天的“早晨”实际是从下午开始，一路跌跌撞撞，幸而遇见了认真负责的雷雷老师，热情耐心地帮助儿子完成半年的学业，使儿子得以顺利参加高考。

而那半年，也是我人生中特别煎熬的艰难时期。春节后父亲病情日愈加重，我们兄妹在医院陪伴照顾父亲，昼夜值守，不能回家正常生活，吃住都在医院，不得已请了长假全身心陪护父亲。对儿子无暇陪伴，或许在磨难和挫折的逆境中，儿子逐渐变得懂事和坚强，萎靡困顿了一段时间后，儿子终于有所好转，开始振作起来。集中精神，每天早晨定好闹钟起来去辅导班，放学吃饭自己解决，衣服内务自理，晚上还抽时间来医院陪护外公，替我值夜班。

在辅导班老师持续不断的关注和帮助下，儿子终于战胜了脆弱，奋起直追，终于如愿走进考场，并于8月份顺利收到省内本科院校的录取通知书。

时间如白驹过隙，似匆匆流水，转眼间儿子即将迎来人生又一个毕业季，相比四年前的狼狈和仓促，这一次的毕业答卷则显得从容淡定、信心满满。四年的大学生涯丰富多彩，加之班主任老师的特别关注和引导，儿子已然成长、成熟。相信经过这几个月来的充分准备，儿子会给母校交上一份合格的毕业答卷，也将给自己的人生描绘一幅多彩圆满的青春画卷。

小侄天天

小侄天天从降生的那天起，就成了全家瞩目的人物，每天的哭笑、吃喝让大家手忙脚乱，却也乐趣多多、乐此不疲。

由于与生俱来的十斤半的体重，天天一直都是胖胖的胳膊腿、粗粗的手脚、大大的脑袋、圆圆的眼睛、光光的头顶顶着几根细细的头发，这副被大家戏称为“聪明的脑袋不长毛”的模样，真的好可爱！

一向来去自由的我，忽然之间就有了一份牵挂的感觉，哦！原来是小小的侄子牵动着我的心！每天下了班急切地朝家赶，抱着小侄，给他唱童谣、背唐诗，摸他胖胖的小脸小手，这时天天的一双圆圆的眼睛就会睁得大大的，很无邪。初为人姑，确实很得意，和朋友说话，常常忍不住脱口而出：“我那小侄……”

每当久别归家的日子，推开门就看到小侄飞跑来欢快地叫着“姑姑”，感觉心里好温暖好开心，一切的烦恼都在一瞬间溜远了。有时几天听不到小侄的声音，心里空空的。

小侄很馋。很小的时候，大人围坐在一起吃饭，他就坐在一旁瞪大了眼睛看我们吃喝，直看得吃客们不好意思。把食物给他之后，他仍然意犹未尽。以后长大一点了，虾条、浪味仙、白吉馍等统统未能逃脱他那小嘴巴，看着他吃得摇头晃脑，吃得津津有味，让我感到惊讶：这小小的孩子什么时候把我的爱好都学了去，怕是要吃遍天下。这小小的美食家胃口超好，常常嘴里嚼着、手里拿着，一路奔跑、一路欢唱，惊得大家目瞪口呆。

小侄很聪明。常发明些稀奇古怪的词汇，而且还是一个超级模仿秀达人。指着鸡蛋叫“咕嘎”，叫姥姥“喽拉”，姥爷“不耶”。看到公鸡打鸣，他也奋力伸长了脖子朝天喔喔叫，引得四周一片鸡叫声。他还不会走路的时候，我常抱着他背《咏鹅》，当他哭时只要一说“鹅鹅鹅”，他马上就开心起来，笑眯眯的，眼睛睁得大大的，听得很认真。忽然有一天发现他蹲着解手，自言自语背了起来，让人捧腹大笑。

小侄的顽皮也是众人皆知的。包好的饺子他小手一划拉便统统掉到地上，茶几上的茶杯一眨眼就变成了一地的玻璃碎片，篮子里的鸡蛋不知何时变成了烂鸡蛋……他还跑到鸡窝抓鸡食，被大公鸡啄了一口，顿时哇哇大哭。等妈妈回来后，他用手指着公鸡，然后指着受伤的小手，眼泪汪汪的小模样让人好心疼。他常常在饭后围着客厅地板弯着腰、撅着屁股爬来爬去，活像一只可爱的小爬虫，拉都拉不起来。地上全是一只只胖胖的手印。

小朋友趣事多多，记录三四，欢乐又开怀！

和小侄天天在一起，常常让我有一种返璞归真、回到童年的感觉和快乐。谢谢我亲爱的小侄天天，你无邪的眼睛、纯真的心灵，为我们带来了一片洁净的天空，为大家平添了快乐的心境！愿小侄天天快乐成长，永远留住这份纯真，这份美好！

温馨的家

国庆节长假的一天，我们姊妹几个在大姐家小聚，看到小侄子恒在大姐家生活一切安好，妹妹赞叹道："咱大姐啊，是当姑姑的典范！"

"姑姑的典范"这一评价得到大家一致认可。是呀，这些天弟弟每天都在医院陪护弟妹，无暇顾及即将上初三的侄子恒，大姐就把恒接到了家，督促学习，照顾生活，免除了弟弟的后顾之忧。大姐还每天往返家和医院，尽心尽力与弟弟一起照顾弟妹，令人感动。而我，也不由得想到了我的大姑，想到了我们在郑州拥有的一个温馨的家。

1988年，大姐、二哥、书波哥和我同时分别考到了郑州的几所学校，我们学校离大姑家很近。每到周末，我们就像倦鸟归巢一样，急切地飞向大姑家。大姑家因我们的到来显得特别热闹，工作繁忙的大姑和姑父给我们包饺子、蒸面条、蒸米饭，做丰盛的菜款待我们。而大姑家简陋的两室一厅因我们的入住也显得特别拥挤，但是大姑从来都是笑眯眯地抱来被褥，给我们铺好。晚上，大姐、我分别和表姐、表妹挤在两张小床上睡，哥哥们睡客厅的沙发床。现在回想起来，大姑家的饭菜好香，大姑家的气息好温馨。

上中专时，基本上一个月回一次家，可能是我在大姑的这些侄子侄女中年龄小，又是少小离家，大姑尤其疼爱我。怕我在郑州上学想家，怕我不熟悉城市上当受骗，每次周一返校前，大姑总是再三叮嘱我，下个周末一定要回来，不要自己出去瞎转悠，需要什么了她带我去买，又总是担心我的钱不够用，时常趁我不注意，悄悄在我的书包里放进10元或20元。那时的20元几乎就是我一个月的伙食费……如果遇到天气突变，来不及回家拿衣服，大姑又会及时给我送来厚衣服和食物。每次大姑来学校，我的那些同学就异口同声地说："你的姑姑真好，你真幸福！"我总是特别自豪地说："是呀，我的大姑是世界上最好的大姑！"每个周末回大姑家，都引得同班同学羡慕不已。

大姑在我们这群孩子的心目中，不是母亲，却又胜似母亲，大姑家就是我们在郑州最温馨的港湾。

有一件事一直记忆犹新。有一年冬至，一场大雪之后特别寒冷，学校的教室没有暖气，冻得我手脚都是冰凉的。放了学饥肠辘辘回到宿舍，宿舍也特别冷。学校通知我们在食堂集体包饺子吃，正准备和同学一起去食堂，突然看到一个熟悉的身影急匆匆地走来，那不是我的大姑吗？大姑慈爱地说："你们是不是刚放学呀？今天真冷，在家刚煮好的饺子，趁热赶快吃吧！"包得严严实实的饭盒一打开，是装得满满的饺子，香喷喷的饺子吃得我心里热热乎乎，幸福的暖流顿时油然而生。我的大姑呀，不会骑自行车，身体也不好，做家务时间长了腰都直不起来，却为了让我吃一顿冬至饺子，走了两站路特意给我送来。

大姑就是这样，以她温柔无私和无微不至的母爱，给了我最温厚最深沉的关怀，给予我家的温馨和舒适，让我的异地读书生活少了许多孤独和清苦。

毕业之后，回了家乡，回大姑家的次数少了，如果一段时间没去郑州，就有一种绵绵的思念涌上心头，而每次到了大姑家，就会感受到回到了家一样的温馨。因为大姑给予的爱，因为大姑家的温馨气息，我们从未感受到漂泊的心情，郑州成了一座有温度有思念的城市，从此我们在郑州拥有了一个温馨的家。

柿梦甜甜

朋友说，如果你常常梦到一个地方，也许你在怀念某一段人生。当年一别，已半生烟雨。

遇见梨河

梨河镇，是我的家乡，离现在城里的家挺近，晚上没事，常喜欢到梨河镇走走、看看。

切身感受到今日梨河镇的繁华，是在夜幕降临、华灯初上时分遇见锦堂路的夜市。沿街几十家店铺、各路餐馆的美食纷纷闪亮登场：烩面、拉面、新疆拉条大盘鸡、碳锅鱼、川味火锅、啤酒、烧烤等。天南海北的吃食什么都有，一张张高低不同的桌椅摆出来，烧烤开始吱吱冒烟，随之飘起阵阵香气；对面路边是一溜排开的各种小吃，饹馍卷菜鸡蛋饼、山野菜杂面条、凉皮米皮热干面、鸡汤米线和馄饨、裹凉皮烤红薯……反正不管是大餐还是小吃，就像那句地球人都知道的广告语渲染的：只要你需要，这里的美食总有一种适合你。

路灯明亮，夜风习习，夜市身后是梨河镇几个村庄拆迁建设后高楼林立的新梨河社区，对面就是广袤的田野，玉米正在结棒，小葱、芝麻和豆子苗壮生长，如此接地气的夜市，啤酒、烧烤、美食飘香，掺杂着泥土的芬芳和田野的气息，倒是独具风格。不论你是当地资深土著成长起来的年轻一代，还是外来打工一族；无论是坐在自家地头，还是坐在别人家的地头，都能找到一种满满的踏实感，满足、舒适与惬意!

自小在梨河土生土长的我无论如何也没有想到，几十年前的乡下的夜晚都是伸手不见五指、漆黑一片。家里舍不得点灯，晚饭后，爷爷奶奶把院内地上扫干净了，铺上凉席，我们躺上去摇着芭蕉扇乘凉，听着奶奶一遍遍重复着经久不衰的鬼故事、乡村野趣、传说和神话入梦。若干年后，人们可以在茶余饭后开着自家的小汽车到灯光明亮的镇上逛逛超市、散散步、跳跳广场舞、听听戏曲和唱歌，或者在热闹的夜市上吃晚餐、喝啤酒，免去了烹饪的辛苦，这是儿时做梦也想不到的。

站在地边，我的眼睛像童年那样穿过田野上的夜色，遥望远处城里的点点灯火，回味四十年前遥望城里灯火、无比向往的心情，突然有了一丝失落、一丝惆怅，远方城里的灯火似乎已经没有了儿时那样巨大的吸引力，没有了那种热切的向往和期待，时代今非昔比，乡村生活发生着沧桑巨变，颠覆了传统的生活形态、生活方式、生活习惯。

今日乡镇的夜晚是如此灯火阑珊、亮如白昼，街道如此宽阔平坦、车水马龙、川流不息。人们的交通工具也已今非昔比，以往常见的自行车已经不见踪迹，取而代之的是路边停放整齐的各式轿车、电动自行车、三轮摩托车。人们的居住环境也有了翻天覆地的改变，告别破旧落后的老房子，搬进新型社区，住进现代化的电梯楼，一切都日新月异！乡镇的夜晚如城市一样的繁华喧闹、繁荣发达、应有尽有，比起城市的发达和外观的整洁毫不逊色！

走过记忆中曾与黑夜融为一体的梨河黑暗之路，走过曾经低矮破旧、贫瘠落后的梨河乡村老屋，走进梨河今夜的繁华、繁荣，我已经没有了失落和惆怅。今夜，我的眼前呈现出一片柳暗花明，内心豁然开朗！

遇见梨河，遇见今夜繁华，遇见梨河未来的精彩与繁华无限，梨河，宛如夜色中一颗美丽的明珠，正日益焕发出夺目的光彩。

吃在春节

每年的春节，最开心最难忘的莫过于一大家人的欢聚。对小孩子们来说，最具诱惑力的当属叔叔家一年一度的春节大餐了。

大年初四的春节大餐，照例是在叔叔家进行。大厨是弟弟季波。弟弟在部队学过烹饪，退伍前一直在领导食堂工作，做得一手好菜，被儿子琛琛唤作“大餐舅舅”。当我和姐姐一家、姑姑一家一行近十人浩浩荡荡来到叔叔家时，12岁的侄子明早已抱着小弟恒坐在门前引颈张望了。车子还没停稳，叔叔、嫂子和弟媳就笑着迎上前来，车门刚一打开，几个大小不一的男孩子便急不可耐地跳下车去。我的儿子琛琛、表弟家的儿子兜兜，书波哥家的琪、姐家的明正，他们几乎是夺门而入，直奔院子，给了明和恒大大的惊喜。

等众人七手八脚把东西搬到家，孩子们已经闯进了厨房，看到盘里有刚炸好的鱼块和鸡柳，散发着热气和诱人的香气，孩子们已经馋得有的快下手了。看来弟弟早早就在厨房准备春节大餐了，书波哥和嫂子忙着择菜、洗菜、蒸酥肉、馏馒头等，院子里的土灶上喷吐着红红的火苗，一口大锅正冒着热气，不用看就知道蒸着酥肉、排骨和馒头。

将这群碍手碍脚的馋嘴猫赶出厨房后，书波哥给他们分配了一个光荣的任务——烧锅，小孩子们嘻嘻笑着烧火去了。不一会儿，一个个眼睛通红像兔子似的被烟呛得直流泪，可还是热情高涨，在大人指导下把火烧得很旺。可不到五分钟，孩子们一个个又不见了踪影，跑到外面放炮去了，只有大孩子琪还蹲在灶火前尽职尽责地烧着火。我和姐姐一起来到厨房，想帮点什么忙，其实做什么菜、做菜的程序弟弟已胸有成竹独立完成，别人是无法代劳的。

前期准备书波哥已经整好了，不到12点冷热菜肴新鲜出炉了，准备开席了。孩子们闻香而动要给大家上菜，于是大人们欣然坐上桌，孩子们鱼贯而入将菜一一端上来，已经等不及的馋猫没等桌上菜放稳就先拿一块放嘴里嚼起来啦……

春节是中国人特有的传统节日，它承载的不仅仅是亲朋好友的相互走动、聚会，更是一种与亲情交流的纽带。

聚在春节

菜上齐，酒斟满，碗筷摆好了，依照惯例，男人一桌，女人和孩子一桌，白酒、红酒随意，开席前叔叔照例要发表一番春节感言，然后大家依次给叔叔端酒，姑父、哥哥、姐夫、表弟、姑姑、嫂子、姐姐、弟媳和我们互道新年祝福，孩子们也要端上饮料互相碰杯祝愿，然后开吃。

我们边吃边聊，厨房里的弟弟还在忙着弄几道压轴大菜。待期盼已久的糖醋鱼和海鲜端上桌，一大锅的汤圆也已煮好，春节大餐就圆满完成了。忙碌了大半天的弟弟这才坐上桌，让孩子们给弟弟端上酒，说着感谢和祝福的话，弟弟笑着接过酒一口喝下去。不知是酒喝得猛了还是被夸得高兴，他脸红耳赤，脖子都是红的。姑父、姐夫、哥、弟、表弟他们说着各自的工作、职称、单位的前景、社会新闻、足球等男人的话题，不时碰一下酒杯。我们这一桌也是热闹得很，姑姑、姐姐、嫂子、弟媳虽然生活不同，却不缺少共同话题。孩子们更是聊得热火朝天，听得大人一头雾水，偷菜偷小兔、宠物级别、枪战游戏等，好像是另一个世界的人。酒酣耳热、气氛热烈之际，孩子们免不了说一说别人的趣事，讲讲笑话活跃气氛。

五年前的春节大餐，孩子们的餐桌上突然有一个人打了一个大大的喷嚏，这时一桌子的大小孩子全都站了起来，有人说："可惜了一桌的菜哟！"被说到的男孩嘻嘻地笑着。侄子琪笑着说："当年被说的那位居然面不改色心不跳，还微微一笑！"顿时大家笑得东倒西歪的，饭都没法吃了……

在热烈的气氛中，大人、小孩吃着满满一桌的大菜，大家纷纷评价弟弟的厨艺见长，菜的种类、档次、刀功、火候，堪与大饭店的菜相媲美。这顿大餐大家吃得开心、聊得尽兴，个个满面红光。

饭后，大家坐下来休息，叔叔说时间还早，提议玩点什么。有人说打纸牌，有人说下象棋，有人说出去打篮球、骑三轮兜风。

于是各找各的群，各找各的乐。通常是叔叔去午休；姐姐、姐夫、哥哥、嫂子、弟弟、弟媳打纸牌；大孩子们下象棋，几个小的孩子在旁观战，下棋者、观战者不免会摩拳擦掌、跃跃欲试，于是下一局换棋手，其他人观战。下完了棋，明正推出院里的三轮摩托，琪带着一帮小弟弟们坐在后面，从村中跑到东头再向南绕一大圈回来。几个人玩得痛快，直呼过瘾！

兜完了风，几个人又来到菜地边的一大片空地打篮球。我和姐姐结伴一起在村后的小路上走一走，回忆少年时光，回味往日情怀。

回城之际，叔叔一家将我们送到车前，将自己做的年货塞到车里，大家依依惜别，约定下一次的再相聚。

春节的相聚总是短暂而又充实，也因此成了每个中国人都盼望的节日。

云兮归来

为什么我的眼里常含泪水，因为我对这土地爱得深沉……

这里安息着我的祖辈，安眠着我的父母，是灵魂永远的居所，记忆着我的成长，承载着青春的梦想、热爱和无限的思量，这片土地，是我永远的乡愁，梦里长久的遥望……

不要问我从哪里来，我的故乡在远方，为什么流浪，流浪远方……

是啊，故乡在身边，所爱并未远去，只是换了一种方式、换了一个容颜，依然守护着我，陪伴着我，心为什么还要流浪？流浪到哪里才是尽头？时间在走，岁月会老，曾经的拥有或许不是注定的长久，离你而去的都是过客，是浮云，而亲情却是恒久不变的永远，就像这默默安抚沧桑的土地，缠绵心灵的风，流连天空的云……

这一片土地，这一片天空，这一片云，我终于释然，终于有了苦苦寻求的答案。当熟悉的旋律再次响起：

当身边的微风轻轻吹起，吹来故乡泥土的芬芳。归来吧，归来哟，浪迹天涯的游子，别再四处漂泊……

此生，让我的情牢牢扎根于脚下这片柔情的土地，让我的爱轻轻变幻为身边这片缠绵的云，让我的眷恋紧紧牵住梦中的呼唤，记住乡愁，亲情永远。

我曾远去，因为迷雾茫茫，看不清故乡在何方，像奋飞的鸟儿折断了翅膀，一路跌跌撞撞，一路流浪；

我曾迷惘，因为暮色苍苍，遗失了梦想的方向，像迷途的羔羊失去了牧场，一路走走停停，一路彷徨。

亦曾久久地问大地、问天、问云，为什么流浪，为什么流浪……

今天，故乡的土地，故乡的天空，故乡的云已经悄悄告诉了我答案。心，豁然开朗！

此生，愿归来的路不再漫长，愿漂泊的心不再流浪，愿前行的脚步不再忧伤。亲爱的母亲，慈祥的父亲，故乡的土地，故乡的云，我已归来，大步归来，飞奔归来……

这片土地

儿时的我喜欢和小伙伴在这片土地上奔跑、嬉闹，在秋天的田野上寻找有趣的生命、可以解馋的野味，还依稀嗅到收获后的玉米秸秆被秋阳晒过、被秋风吹过的干燥气息，玉米棒、花生和豆子的成熟气息，以及在田野上烤玉米棒、烤红薯的香甜味道。

记得六岁时，穿了一双父亲新买的小凉鞋来地边玩。刚犁过的土地，开阔、松软，怕弄脏了新鞋子，我脱了鞋子，去松软的土地上奔跑。跑累了，一头扑倒在土地上，四脚摊平，抬头看天，天上是这样的云淡风轻，我看着看着便入了神，好像进入了梦乡。天黑要回家了，想起地边的凉鞋，却已经不见了踪影。

还记得，跟着哥哥和他的小伙伴在离家不远的晒麦场捉迷藏，说好我藏哥哥找。我藏好后，左等右等不见哥哥来找我，天很快黑了，顽皮的哥哥和他的小伙伴不知跑去哪里了。晒麦场上暮色弥漫，空无一人，于是恐惧至极，大哭，狂奔回家，夜里开始发烧。第二天中午，奶奶让我坐在院里的凳子上，手里攥一把笤帚，围着我一圈圈边扫地边念叨，俗称“叫魂”，专门对付那些胆小受了惊吓掉了魂的孩子：“孩儿啊！回来吧，回来吧……”

春天，跟着父母在这片土地上播种希望，种下玉米、花生、豆子、芝麻；夏天，骄阳似火，麦子成熟，在这片土地上收获希望，割麦、打麦、晒麦、拾麦穗；秋季，农作物次第成熟，学校放了20天的秋假，开始长达一个月的收秋，掰玉米、晒玉米、出红薯、割豆子、出花生、晒花生……秋收完毕，土地腾空，开始犁地、种麦，土地上的一切重要工作至此全部完成。接下来进入闲散的晒秋、晾秋和漫长慵懒休闲的冬季，静待来年春天再次播种新一年的希望。记得红薯成熟的季节，在清冷的早晨跟着父母去地里出红薯，再用架子车拉回家送入地窖存放，据说来年吃更甜。刚出土的红薯带着泥土的潮湿，那一口咬下去的甘甜、煮成红薯汤的香甜，整个冬天几乎家家早晚餐都煮红薯面汤，红薯煮熟时，胡同内外都是香甜四溢，这味道还常常清晰地在我的梦里飘荡。

少年时期，我从这里走向县城，又走向省城，再从城里回到家乡，一周或者一月一次地循环往复，在故乡和远方的道路上奔忙，在留恋与追寻的牵绊中成长，在离别和相聚的期盼中思念疯长。在这一片土地上，这条历经无数双鞋子的踩踏、无数次脚步的丈量、无数个车轮的碾压变得坚实的乡村之路，孕育着我的人生，赋予我长驻一生的情怀。正因如此，我对城里的生活懂得一些，乡下的农活懂得一些，双重的生活赋予我更加充实丰富的人生，也让我对这片土地有了越来越多的依赖。如此熟悉的这片土地，是我们赖以生存的根基，是生命得以延续的血脉，它容纳了幼年的懵懂，容纳了少年的梦想，化解了曾经的迷惘忧伤，寄托着父辈的期望。

后来，我们渐渐都长大了，父母在老家的土地上盖了漂亮的新房，添了新的家具、电器，修了新的院子，母亲圆了有一个大花园的梦想，鲜花盛开，蔬菜蓬勃生长。也是在这片土地上，母亲挚爱一生、陪伴一生的学校彻底变了模样，教过的孩子们正拔节孕穗，茁壮成长，一届一届，走出乡村，一路追梦，奔向远方。

我清晰地记得盖新房打地基的夜晚，老少爷们儿喊着号子奋力打夯、灯火通明的景象。我还记得父亲忙碌疲惫的脸庞，年轻时的母亲在灯下批改作业的情景。还记得母亲去学区开会匆匆的身影，骑着自行车风风火火去学校的模样。还有许许多多记忆犹新的情景……

那年麦熟

麦子成熟，麦浪滚滚，我的家乡——中原地带又到了一年一度的麦熟季。

坐在开往乡下的公交车上，看到麦田里功能齐全的大型收割机正在穿梭工作，随着收割机不断地向前推进，前边收割后边直接打麦，顷刻间排排的麦浪变成一袋袋金黄香甜的丰收颗粒，留下一排排又短又整齐的麦茬。比起小时候的麦收，真的是轻松快捷高效，极大地缩短了收麦期！

想起童年时代的麦收季节，那个毒辣太阳暴晒，那个争分夺秒，而且都是手工割麦、打麦、扬场、晒麦、装袋，工序多且耗人力体力，人们挥动镰刀、挥汗如雨的情景记忆犹新。通常早上四五点天刚蒙蒙亮，趁着还凉快的时候，全家就起来了，爷爷已经提前把镰刀磨了一遍，奶奶做饭，然后我跟爸妈和哥哥戴着草帽出发割麦去，弯腰低头把一垄垄麦子割下，捆成麦个儿送到地头等着拖拉机运回麦场。六月骄阳，热情毒辣，毫不留情地晒黑了我的手和脸，把我的肩膀晒脱了皮，镰刀割伤了脚趾，于是，下一次有了经验，穿上长袖、长裤、布鞋，戴着草帽去割麦。8点左右阳光已经灿烂，裹着小脚的奶奶扭扭搭搭一路急行送早餐来了。刚烙好的香喷喷的热油馍和绿豆粥，又累又热又渴又饿的我们吃着早饭，倍觉香甜可口。

等麦子全部收割完毕，拖拉机将一个个捆得结实的麦个儿运到打麦场，打麦战就紧锣密鼓开始了。通常是几家人合作进行，晚饭后打麦场灯火通明，一台机器隆隆作响，男女老少齐上阵，人们笑语喧哗，大人们指挥孩子们抱起码好的一捆捆麦个儿快速朝机器进口放，然后出口处就哗哗地流出了金黄的麦子，有人负责撑着袋子接麦子，有人负责扎口堆放一处。经过一夜奋战，麦子全部打完堆在麦场，这时大人孩子带着满身的尘埃和疲惫的身躯坐在地上靠着一袋袋胜利果实，香甜满足地睡去。

麦子打完，辛苦紧张的麦收工作基本告一段落。接下来就是趁着日丽风和，把麦子一袋袋背到庭院或房顶平台，进行最后一道工序，挥起木锨将麦粒抛向空中，让风吹走其中的麦秆或者麦壳，俗称扬场。最后将留下的麦粒摊开彻底晒干晒透，又再次装袋存放，我们就可以制作面食享用美餐了！

一年一度麦熟，梦里馨香依旧……

柿梦甜甜

金秋时节，清风送爽，许多果实也随之成熟了。当时令水果们纷纷登场的时候，最勾起我食欲的莫过于甜甜的柿子，从小到大陪伴着我的秋季的甜蜜之果，尤其是深秋时节挂在树上那一个个火红的小灯笼，如果爬上树去亲手摘下吃上一口，软乎乎、甜丝丝，还带着深秋时节的丝丝凉意，幸福甜蜜的感觉立刻弥漫在我的身旁。

我一直牵挂着轩辕湖畔那几棵硕果累累的柿树，带着美好的期待，兴冲冲地走向轩辕湖畔，远远地就看到高大茂密的柿子树，不禁加快脚步，急切地走近前去，然而哪里还有柿子的身影？低矮处只见稠密的枝叶，几颗泛红的柿子在高高的枝头够不着，只能望柿兴叹，徒留遗憾！徘徊许久，无奈地告别我的所爱。走在湖畔的林荫小道上，心情有些失落和惆怅，童年的一些回忆也纷纷涌上心头。

柿子堪称我的家乡最朴素、最常见的一种水果，有着红红火火、甜甜蜜蜜、事事如意的美好寓意。柿子花的花语是自然美，一朵朵嫩黄的柿子花串成女孩子们春天里最美丽的头花和手镯。它口感清甜、润肺生津、老少皆宜，并具有很高的营养价值和药用价值。柿子的食用方法也是多种多样的，青柿子用温水浸泡之后可以做成脆甜的懒柿；成熟的红柿不仅可以鲜食，还可以晒干做成口感筋道的柿饼，酿造成柿子酒、柿子醋，是秋冬季节不可替代的美食。在柿子成熟的季节和小伙伴一起摘柿子、吃柿子，跟着父母学做懒柿、酿造柿子醋的场景记忆犹新、非常难忘。

一次和同事聊起我心中的遗憾，同事笑了，想吃柿子，这不难呀，姐到市场上走一圈不就买到了吗？懒柿、红柿、柿饼都有啊！我说，不是的，那样吃到的柿子少了一些味道，我是想品尝亲手采摘的新鲜果实，享受劳动的快乐。同事又笑起来，明白了，姐牵挂的不是那一颗柿子，姐想寻找的是一种往日的情怀，是童年的美好回忆……

是呀，青春虽然不复，那番少年情怀却还在心头萦绕，好想回到童年，轻盈麻利地攀上枝头，摘下一枚枚火红的果实，体会劳动的快乐，享受秋天赋予的甜美。哪怕柿子长得不够漂亮，不够甜美。遗憾的是自己已不再年轻，腿脚不再麻利，不敢再去爬高上梯，只能把童年的梦深藏于心。我不无遗憾地感叹时光的无情，愈加怀念那一种被时光遗忘的纯真烂漫，向往那一份返璞归真的朴素情怀。

晚上，做了一个甜甜的梦，梦里我和童年的小伙伴来到果实累累的柿子园里，仰望高大繁茂的柿树，我们开心地爬上枝头，摘了许多又大又红的柿子，拿在手里软乎乎的，急切地咬上一口，哇，好甜！这甜如一股清凉的山泉沁润了我的五脏六腑，洗去了尘世和岁月的风霜，抚慰了我梦里的乡愁，我一下子被甜醒了，同伴的笑声仍在耳际回荡，甜蜜的味道仍在唇齿间久久地弥漫……

追　寻

不知为什么，近年来我常常做着一个相同的梦，梦里总是萦绕着一条熟悉的路、一座熟悉的桥。

这条驻扎在我梦乡的小路，静静偎依在京广铁路线某一段的西侧，近10公里的距离，一头是老家，一头是县城。

20世纪80年代是我的中学时代，父亲在县城，祖父母、母亲在老家，这条路就像一条温暖的丝带，殷切地连接起父亲对父母和妻子的牵挂、爱与担当，连接着我对母亲的想念、对故乡的眷恋。每周六下午放学，我便急切地收拾好东西从人民路出发，一路东行，经火车站广场向南，再沿着京广铁路边的小路，过几个村子，走铁路桥，过双洎河，再向南二三公里路，便到了老家。路上并没有特殊的风景，附近只有朴实宁静的村庄，澄澈辽远的天空，平坦肥沃的土地，广袤的田野。路旁有高大的桐树，春天桐花盛开的时候，一个个粉紫色的小喇叭散发着花蜜的清甜；春末，路上又落满了凋谢的紫花，散落着黄色的“捻捻转”；盛夏，浓密的绿荫为南来北往的行人遮挡了骄阳；秋季，路旁的田野一片丰收景象，秋风清爽宜人；冬天，我穿着厚厚的短大衣蜷缩在父亲背后，父亲奋力蹬着自行车为我挡风，我在树梢间火红的夕阳里陶醉，看萧条的树木，看父亲的背影，看夕阳里父亲和我的影子，这一幕幕在成长的记忆中长久地定格。

经过一座铁路桥，桥两侧仅容两人并排通过，是抗战胜利前日本人修建的桥，我每次踏上桥，都喜欢伏在栏杆上停留片刻，看一看清澈的河水，寻找鱼儿的踪迹，或者看远处的小船，这时候父亲就会急切地喊：“快走，一会儿火车就要来了！”过了桥，沿着铁路继续向南，这里的风景略有不同，一条极窄的小道伸向远方，两行高大笔直的杨树迎风欢唱，田野散发出庄稼成熟的气息，路边长满藤条一类的植物，父亲说这是荆条，用来编制篮子、筐子作为农具，特别结实耐用，我脑海里很快就跳出“负荆请罪”一词，便问父亲：“廉颇负的是这个荆吗？”父亲笑着说：“是的！”

坐父亲的自行车回家时，我常常与父亲一路对话，温馨和愉快仿佛就在昨天；有时也和哥哥一起回家，一路欢歌笑语，不知不觉就到家了；偶尔也会独自步行回家。刚上初中那年秋季，父亲在家忙着盖房子，周六下午我就和邻村的同学结伴步行回家，走到铁路桥时天黑了，迎面驶过的火车携带着强烈的冷风，路边的灌木丛仿佛藏着团团鬼影，为了战胜内心的恐惧，我们一边大声唱歌一边快走，直到走到村后的大路，看见了村里的灯光，惊魂未定的心才平复下来。到了家，父母特别惊喜……

每年寒暑假便是我最快乐的时光，考试完毕就和哥哥一起骑车奔向老家。这条路上的风景怎么这么美丽？绿荫如此可爱，鸟鸣如此动听，耳畔的风带着甜美的味道，田野散发着迷人的气息，桥下的河水更是如此欢快地流淌，高高的白杨涛声阵阵，仿佛在欢迎我们的归来。离家越近，心越欢喜。小路前方不远处是母亲温暖的笑脸，是悠长安逸、自由自在的慢时光。

这些年在相同的梦里，我不止一次回到这条小路上，不停地走着。看见熟悉的田野与河流，看见熟悉的铁路和老桥，在杨树的阵阵涛声中醒来，总有一丝困惑涌上心头，这些年，我在梦里寻觅着什么呢？醒了就回忆，回忆到深处再次入梦，在梦里继续与小路的相逢。梦境和回忆反复重叠，久而久之，哪一段是梦，哪一段是真，交织在一起，已经无从分辨了。滚滚的时光与我开了一个莫大的玩笑，如今小路是否还在？三十年间崭新的道路修了一条又一条，交通工具早已更新，人们还愿意从那走过吗？其实因为安全原因，铁路边的小路早已封闭禁行，历经岁月和时代变迁，小路已淡出历史，成了永远的记忆。

朋友说，如果你常常梦到一个地方，也许是你在怀念某一段人生。当年一别，已半生烟雨。无论沧海桑田怎样变更，梦在，路就在。聆听久远的呼唤，我愿带上我的乡愁与思念，开始梦中的追寻。

梦中的老城

爱上一座城，始于它的厚重与文明，喜欢它的古老韵味，喜欢巷子里的幽静神秘，喜欢它精致的雕花门楼、原汁原味的明清旧居，更喜欢藏在陋巷深处的悠悠时光。走进老城，犹如走进一本读不完的书，一段段历史故事在其中沉淀，情思在淯水的波光里荡漾。

如今，改造后的南街成了老城仅存的一点记忆，人们喜欢来此寻梦、追忆乡愁。老人在这里给孙辈讲述从前住过的老房子、院子，留住不想遗忘的记忆；“60后”“70后”来到这里，寻一寻少年情怀，回味留恋的青春；少女穿上汉服，三五结伴来这里感受老城的神秘气息，拍一拍抖音，秀一把浪漫；而我更钟情于走遍每一条街巷，让梦里的情思在这里绽放。我在寻找，也在回味，哪一条巷子曾徘徊着我的相思，哪一扇窗子曾安放过我的梦想？每一次的奔向都是想念，每一次的离开却也是掩不住的惆怅和忧伤，这只是一座苍白的空城啊！没有人烟的气息显得如此沉寂，如此落寞。

夜晚，红灯笼罩下的南街平添了几分梦一般的神秘气息，穿过丽景门的拱形门廊，遥望少保宗伯牌楼，一段遥远的故事，一个触手可及的梦境。青石板路两侧原本空旷的老宅院里边的灯光依次亮起，一户户人家在生活，一幕幕温馨在上演：吃饭、闲聊、读书、教子、琴棋、书画，因为还原了生活的面目，这里不再是空城，终于有了鲜活灵动的烟火气息。

街上也开始熙熙攘攘、摩肩接踵，穿着汉服的人们也在走动。一家家店铺灯火通明，张家老字号布鞋，物美价廉，生意很好；游家老字号银铺天德楼，匠人正神态专注地制作银器；蔡家三小姐待嫁，爹娘预订了银器做嫁妆；合盛泰的布匹远近有名，百货齐全，极像今天的超市。

街口的红光肉店灯光暗了点，但依然挡不住如云的食客，人们吃得满面红光、吆喝着酒令，小二肩上搭条毛巾，楼上楼下穿梭热情招呼：“客官里面请！请问您几位？”肉店门口夫妻俩的烧饼摊子有人排队，听说有个公子三十岁了尚未婚配，不知要娶哪家小姐？藏在巷子深处的庆保卤肉香气四溢，食客们闻香而来，吃为上策。

红光晕染的石板路，循着灯火阑珊处的温暖，我在寻找关于前世久远的记忆，寻找记忆中我的爹娘、兄长和家园，却恍然听到后边有个声音：“小姐！小姐请留步，请问芳名？家住何处，怎么如此似曾相识……”

久久回望梦中的城，我在期待一个诗意浪漫、风采飘逸、文明典雅、情怀无限的魅力之城，带着青春活力的城。走出梦境，走出忧伤，告别沉寂，告别落寞，让新郑记忆鲜活起来，让文化故事传承起来，让人文气息流动起来，让乡愁怀旧优雅起来……

邂逅小楼

当年的我喜欢听大院的小喇叭里每天传出父亲好听的声音，就像数年后的今天站在这里。

一如当年怀着神秘的向往和期待，翘首期盼着父亲从播音室快步走出来，习惯性地咳嗽一声，拉住我的小手，绽开温暖的笑容。

邂　逅

邂逅一座小楼，走过岁月如歌。

伫立良久，感慨几多。红尘旧梦，芳华几何？

无限感慨，时光婀娜。光阴流转，四季蹉跎！

此刻，我想为你吟一首诗，唱一首歌。

这里，有父母的风华正茂、奋斗的青春年华。

这里，有神秘的播音室、挂着老式黑色电话机的走廊、容纳了我们一家人蜗居几年的宿舍。

这里，有父亲的同事、饭菜飘香的食堂、圆圆的石凳和石桌，有母亲每天早晨架着双拐一圈圈坚强地走过的身影，有勤奋读书、鲜少回家团聚的大哥的足迹，有永远也吃不完的红薯汤、红薯面条和红薯馍。

这里，有每天下班自行车后带着一大把黑布雨伞零件的勤劳的邻家阿姨、漂亮的邻居小姐姐、会做饭的邻家大哥和穿着喇叭裤的时髦小哥，有我可爱的小伙伴、我的好朋友以及我的同桌，有在大院门口挥着大扫帚做好事的人们。

这里，有宽阔的操场，有每天中午准时播放广播剧和体育节目的小广播，有暑期夜场电影《闪闪的红星》《地道战》《小花》等，有散场后如潮水般走过的人们。

这里，有被很多双小手不甘寂寞地抠过、被夏天的大雨冲刷过嵌在小楼矮墙外侧的小石子，有被小拇指挖出来烤熟了吃的雨后藏在土洞里的小泥猴，还有盛夏酷热的午后树干上一个个晒干了的知了壳。

流年似水，岁月如歌……

昨日之风，馨香如歌……

你好！小楼

偶然的机会，邂逅一座小楼，一座栖身于市委大院东隅，与古老的梧桐和核桃树静静相守半个多世纪的带着岁月味道的俄式小楼。

这是父亲年轻时工作过的地方，也是我童年住过的地方，虽然只是短暂的停留，却有了情不自禁地回望，不经意间就走进了昨天，久远的气息扑面而来。

走近小楼，沿着矮墙拾阶而上，矮墙依旧，红瓦依旧，梧桐依旧，只是与核桃树一起，长成了参天大树，树干很粗，枝繁叶茂、直指蓝天，核桃稠密，竹林郁郁葱葱。这一片浓荫将小楼笼罩守护，隔绝在了炎炎夏日之外，更显静谧幽寂。这小楼多少年了？我不得而知。记得很小的时候它就在这里，和这些大树同呼吸、共命运。

驻足楼前，红尘旧梦，不宣而至。我情不自禁地向小楼张望，透过窗子似乎看到父亲工作的身影。播音室早已换了牌子，门窗都紧闭着，那里是否神秘依旧？唱片是否摆满了架子？那部20世纪70年代黑色的电话机是否还在走廊的墙上挂着？依然记得父亲严厉制止我们去探究播音室、严厉批评我们想动那部电话的神情。这里是父亲奉献青春、奋斗过的热土，神秘的世界似乎留着父亲的气息！当年的我喜欢听大院的小喇叭里每天传出父亲好听的声音，就像多年后的今天，站在这里一如当年怀着神秘的向往和期待，翘首期盼着父亲从播音室快步走出来，习惯性地咳嗽一声，拉住我的小手，绽开温暖的笑容。尽管一切已如风，但一切都成了温暖的回忆……

我来到小楼东侧的窗外，这两间是当年父亲的宿舍，也是我们曾经蜗居的地方。走到门前，一切照旧，只是墙上多了空调。透过窗户似乎看到腿伤尚未痊愈的母亲靠着床头一边织毛衣，一边在给我辅导作业，或者坐在灯下对着借来的教材为我一页页抄写。站在台阶上向下望，仿佛看到已经痊愈的母亲在西边小厨房忙碌、一个穿着裙子在苹果树下跳皮筋的女孩。一阵风吹来，咚的一声，一个小苹果应声落地，女孩惊喜地捡起咬了一口："苹果真甜！"昔日的苹果树和小厨房皆已不见，早已变成了现代化的电子借书亭。

走到小楼后面，那一排粗壮的参天法国梧桐还在原地，像伟岸的卫兵守护着饱经风雨沧桑的小楼，当年年轻的父亲就是每天沿着这条通往食堂的路和他的同事一起去小楼西边的食堂吃饭，我仿佛又闻到了食堂熟悉的芳香……

越过四十余年的时空，我看到中学时代来去匆匆的大哥，放学铃声一响，走出新郑一中校园，清秀瘦弱的少年一路小跑，急切地奔向大院家中、奔向厨房，看到父亲此刻正在忙碌，锅里已做好了热腾腾的红薯稀饭、红薯馍。因为时间紧张，匆匆吃完又要赶回学校，少年狼吞虎咽地吃起来。我看到还有一群男孩女孩围坐在小楼前的石桌子边认真听收音机里的《小喇叭》节目，孙敬修老爷爷正讲着《西游记》的故事："唐僧骑马咚那个咚，后面跟着个孙悟空，猪八戒、鼻子长，后面跟着个牛魔王……"然后完成每天的广播日记，之后去大院的各个角落学雷锋做好事。

往日时光，一个扎着短辫、系着红领巾、穿着白短袖和花裙子的女孩和女孩的父母、兄长、玩伴、漂亮老师，以及一些与大院小楼不远的操场、食堂等有关的趣事，陆陆续续穿越似水的流年向我走来……

大院的操场

20世纪80年代，大院的操场就是我们的乐园，人们在这里锻炼、聚会、学骑自行车、听小喇叭广播剧、跳皮筋、跳绳、做游戏、看露天电影。

穿越时空，追寻如电影中的一幕幕场景和画面：

场景一：母亲的康复锻炼。晨曦微现、空气清新的早晨，树林里早起的鸟儿啾啾地欢唱，粉紫色的木槿花开得正盛，晶莹的露珠在草地上闪耀光芒，一群年轻的叔叔阿姨在操场上跑步、做操。镜头拉远，坚强的母亲架着双拐来到操场坚持康复锻炼，父亲小心翼翼地搀扶陪伴着她一圈一圈练习走路，因为疼痛和体力不支，母亲的额头已布满汗珠，腿有些哆嗦，两人停下休息片刻又继续。

场景二：温暖的小广播。午后，一个女孩独自坐在操场边托着下巴，聚精会神地听喇叭里播放的广播剧，好听的女中音正讲着《青蛙王子》《小蝌蚪找妈妈》的童话故事。

广播剧播完了，女孩还沉浸在故事里，此时一个熟悉的画外音传来，女孩开心地笑起来，是父亲好听的男中音："听众朋友您好，新郑人民广播站现在开始广播，感谢您的收听，第一个节目……"

场景三：学骑自行车。下午，学生放学，夕阳余晖中，操场上开始有三三两两的人散步、闲聊。画面里出现一位年轻的父亲，推着一辆二八自行车，交给一个十五六岁的清瘦少年，反复叮咛嘱咐着什么，少年旁边的小女孩显得很急切。父亲站在操场边一边和同事聊天，一边看着少年扶着小女孩坐上车座，女孩在前边开始奋力学骑车，少年小心翼翼地扶着车子，在后边一圈圈地奔跑着，看到女孩骑得稳了，悄悄松手跟着车子小跑。夕阳里骑车的女孩脸上洋溢着开心的笑，微风拂动她的头发，吹起她的衣服，就这样，女孩不知不觉中学会了骑车。

场景四：龙腾虎跃。周末，傍晚，夕阳无限，彩霞满天。年轻的父亲和他的同事忙完了一天的工作走出小楼，换上运动背心相约来到操场一起打篮球。父亲头发乌黑浓密、眼神兴奋明亮。他们的面庞那么年轻、身姿那么矫健、动作那么潇洒、笑声那么爽朗！欢腾的运动场边坐着一个女孩静静地观望着父亲打球，悄悄地给父亲加油。喧哗声渐弱，音乐声响起，一个深情的画外音唱起来："时间都去哪儿了，还没好好感受年轻就老了……时间都去哪儿了，还没好好看看你眼睛就花了……"时光啊！请你走得慢一点，让我的父母永远年轻、永葆健康活力……

场景五：周末夜场电影。夜幕降临，大院操场挂上了洁白的电影布，电影放映机和放映员叔叔已经就位，晚上的露天电影即将开始，大人孩子簇拥着、欢笑着带着凳子、摇着扇子直奔电影场，呼啦啦瞬间就坐满了一排排热情的观众。电影开始了，都是些红色经典影片：《闪闪的红星》《小兵张嘎》《上甘岭》《铁道游击队》《红色娘子军》，还有印度电影《大篷车》、朝鲜电影《卖花姑娘》等。夜色中观众那种热切的期盼、深深的投入、专注的神态，包裹在电影的声音和画面中震耳和震撼的感觉中，满满的幸福感依然记忆犹新、难以忘怀。

大哥的红薯餐

还记得有一次和大哥的对话，我问大哥："大哥，你爱吃红薯吗？"大哥说："不喜欢！"

"为什么呢？红薯那么甜，怎么吃都好吃！我还记得小时候咱家做红薯面汤的香味，又香又甜，一条胡同飘的都是香味！"

"是啊，那味道确实很不错，我也记得！"

"那为什么又不喜欢呢？"

"不是不喜欢，其实这些年在外面久了，也挺想念那个特别的味道！但可能就是那些年吃得太多了，吃怕了，吃伤了，不能再吃了……"

大哥问我："小时候有一种红薯干面条，饸饹面，你吃过吗？"

我说："没吃过，是什么味道？好吃吗？粘牙吗？"

"好吃！不粘牙，甜甜的、酸酸的、绵绵的。"

我问："那是怎么做的？什么样子的面条？"

"这个啊，红薯洗净了切片、晒干，磨成红薯干面，和面蒸成窝头。蒸熟了，放到特制的钢筒轧成红薯干面条就是饸饹面了！煮熟了，浇上蒜汁、辣椒和醋，配上红薯叶，酸酸辣辣！"

大哥说，他的中学时代，每天都弥漫着来自中原大地生长的红薯浓浓的味道……

当时有一句流行的顺口溜："红薯干，红薯馍，离了红薯不能活。"

20世纪60年代，生活艰苦，家家缺细米白面，缺肉缺鸡蛋，唯独不缺红薯，从每年大概10月份，红薯成熟出土、入地窖开始，到下一年同一时间又一轮新红薯的成熟，一年四季红薯成为中原地带人们一日三餐的主旋律。煮红薯、蒸红薯、烤红薯、红薯茶、红薯面汤，红薯切成片晒干、炉子上焙干，红薯干磨成面蒸馍、轧红薯干面条，红薯叶、炒红薯丝、红薯粉条、红薯粉芡打成凉粉做成菜……凡是能拿来吃的就是红薯，制作的成品食材还是红薯，主食是红薯，副食还是红薯。

大哥说，最困难的时候，早餐红薯茶，午餐红薯干面条浇蒜汁加上玉米菜随锅，晚餐红薯稀饭、炒红薯丝。吃得胃里泛酸水，吃得上课没精神，吃得人发愁。

穿越四十余年的时空，我仿佛看到这样一幅画面：来去匆匆的大哥，每天放学铃声一响，快步走出新郑一中校园，一路小跑急切地奔向大院家中、奔向厨房，看到父亲此刻正在忙碌，锅里做好了热腾腾的红薯稀饭、红薯馍，因为时间紧张，匆匆吃完又要赶回学校，少年狼吞虎咽起来……

所以，若干年后，红薯的味道成了大哥梦里的乡愁，成了老家的味道。虽然无缘再品味，而那一抹情怀，成为永久的守望与怀念。

红裙子、花裙子、蓝裙子

夏天的记忆，似乎总是与各种各样的裙子有着千丝万缕的缘……

上三年级时有条上半身白色和下半身玫红色的绵绸、特别简单、可爱的无袖连衣裙。后来裙子短了，妈妈买来了同色的布料，接了上身、接了袖子、接了同色裙摆，还在胸前绣了一朵可爱的小桃花，就像重新做了一条漂亮的新裙子，又美美地穿了两个夏天。

后来，长高了，裙子小得实在不能穿了，妈妈在大院对面的百货楼二楼又给我买来一条粉色碎花短裙。

妈妈还自己踩着缝纫机给我做了一条黑底、红花棉布的裙子，我穿上后在镜子前照了很久很久……

上初中时妈妈给我买了格子的短裙、湖绿色的连衣长裙、白底红蓝点的纱裙，满足了我上学时的少女心。

有段时间特别喜欢牛仔裙，一直没有合适的。1991年，父亲去武汉出差，因为我说过想穿牛仔裙，于是在一场倾盆大雨来临之前，父亲赶到百货大楼买了一条非常时尚的牛仔裙，及膝无袖连衣裙外搭一件牛仔短袖。

父亲回来说，那天武汉的雨可真大，办完事回宾馆正好经过武汉百货大楼，天就要下雨，匆匆赶到女装柜台，正犹豫买哪个号，看见售货员和我年龄差不多，就请人家推荐了尺码给我买了一条。刚买完出来，就下起了倾盆大雨，只能冒着大雨跑到车上……

父亲千里迢迢带回来的这条裙子我穿着很合适，特别漂亮，我特别喜欢……

牛仔裙、大雨，每当我看到这样的物象，我脑海中就会浮现出父亲高大匆忙的身影……

记忆中的凉鞋

夏天到了，该穿凉鞋了！偶然的一天，和几个同龄的朋友聊起了童年物质生活的匮乏，以及童年夏天的记忆，大家都说，那时候家里条件都不好，夏天穿个花裙子、新凉鞋都是奢侈的。有个朋友说起了一个遗憾，童年在农村，夏天的晚上大家都在外面睡凉席乘凉，这个朋友的妈妈刚给她买了一双新凉鞋，脱了放凉席边睡觉，一觉醒来，凉鞋就不见了，很久以后在邻居家的鸡窝里找到，可惜脚长长了，鞋子就小了！

这样的憾事我也经历过。六岁时，父亲从城里给我买了一双黑色的塑料凉鞋，几个小朋友在地边玩，我怕弄脏了新鞋子，脱了凉鞋放在地边，很快不知被谁穿走了，我甚至都没看清楚这双新凉鞋长什么样。这成了我记忆中永久的遗憾。

小学三年级的夏天，我的好友穿了一双翠绿色的塑料新凉鞋来找我玩，鞋子前面有个二龙戏珠的造型，碧绿的玻璃珠子非常漂亮。爸爸看我那么喜欢，第二天就带我去县委大院对面的百货大楼给我买了一双同样的鞋子，翠绿的凉鞋穿着既漂亮又舒服，吸引了很多人的目光。那个夏天，这双漂亮的新凉鞋给了我许多快乐。

五年级毕业考试那天，我穿上了妈妈特意为我新做的橘黄色竖条纹的短袖衫、深蓝色裤子，还穿了崭新的大红色塑料凉鞋。还记得考试前一天，妈妈带我买鞋时那热烘烘的夏日气息，熙熙攘攘的集贸市场里摩肩接踵的身影，还有考试那天早晨一个大姐姐对我的鼓励。

初中时期的少女已经爱美。夏天来临，妈妈带我去百货大楼买了一双时尚的红色拖鞋，一双白色半高跟的塑料凉鞋。穿上新鞋子回老家的心情是美美的，一个暑假在老家都是快乐的！

后来在郑州上学时的一个夏天，在学校附近的夜市我给自己买过凉鞋，也给妈妈买过凉鞋。

不知不觉，长大成人，也为人母很多年了，这些年买过穿过的新凉鞋已记不清有多少，扔掉的似乎也很多，然而童年时代、少年时代的新凉鞋却永远定格在了温暖的记忆中……

探访母校

某日，专程来到文化路北侧探访我的母校——苑陵中学。隔门相望，一切如昨，亲切、熟悉的气息一下子扑面而来。

保安看我拍照，大声问我：“你是干啥的?”我突然语塞了！少顷，我说我是这所学校的毕业生，回来看看母校，拍个照留个纪念。保安口气一下子缓和下来，态度热情起来，笑着说：“原来是这样啊，理解理解！学校还是老样子，没变！不过现在每个级段有十几个班，学生多了很多，原来的老校园容不下了，所以现在拓展成了三个校园，新的校园、新的教学楼正在筹建中呢!”

伫立在苑中门口，久久仰望着八角楼和校园，如回望过去的时光。校园格局没有变，母校的大门依旧这么宽，这么高，还矗立着四个隽秀有力的烫金大字——苑陵中学。入口处有了更加规范化的管理：现代化的电动伸缩门、忠于职守的保安。只是操场位置由原来的教学楼前边的空地迁到了东边行政楼的后边，临着新郑一中，在校园旧址上新修了路。昔日单调的水泥操场改造成了非常宽阔、有着红绿色塑胶跑道的椭圆形大操场，健身器材一应俱全，各种绿植生机盎然，映衬着红色的教学楼、办公楼，母校处处洋溢着青春活力。

耳畔回荡着昨日童真稚趣的读书声、欢笑声，往事已缤纷而来，早读课、课间操、体育课，还有小卖部2角钱的米花糖、3角5分钱的鱼皮花生豆、红豆冰糕……纯真青涩而又难忘的少年时代，可谓“两耳不闻窗外事，一心只读圣贤书”。

三年的初中我读了四年，初二复读。当时教室分布在八角楼的不同楼层，不同的年级，遇见不同的老师和同学，有几位老师让我记忆犹新。初二的班主任赵老师，一位不苟言笑、戴副黑框眼镜的老夫子，对我们极其严格，偶尔也会风趣一番，看不惯女生穿着打扮时髦，看不惯有的同学上课捣乱影响别人，常说的经典语录：“你们！啊——动机不纯、目的不良！”

另一位女数学老师脾气很温和，我的几何很差，老师特别耐心，开家长会时，老师也会耐心地和家长交流，从未厌烦过。初中三年级，班主任胡老师创办了郑韩文学社，鼓励我们每天坚持写日记，且批改日记不吝笔墨，并将我们的习作推荐投稿或者让我们参加比赛。

我依然完好地保存着当年的日记本。1988年走出中学校园至今，我的文学初心依然未改，与当年胡老师的用心培养和影响是密不可分的。还记得当时的同学、同桌、好友的名字和模样，以及周边从没说过话的男生、后排调皮的男生女生。我们曾在同一片屋顶下、同一座校园里一起读书学习、锻炼、成长。6月毕业季，我们簇拥在校长、老师身旁合影留念，然后奔向各自不同的方向。每天在繁忙的学习生活中匆匆地来去，我们或许交流不多，然而这种情缘何其难得、何其珍贵！多年来它一直深深镌刻在我的记忆里。

阔别已久，不知亲爱的老师、同学、好友今在何方，是否别来无恙？

探访母校，虽未能在教室一坐，却闻书声琅琅、师音铿锵，穿越漫长时空而来；铃声清越、笑语喧哗，如仙乐飘飘、荡气回肠。伫立良久，不禁热泪盈眶。母校的发展变迁令我欣慰，母校以她容纳百川、奔流到海的胸怀为社会培养了一代又一代的栋梁。我的母校，走过岁月，波澜不惊，大爱无言，让莘莘学子留住乡愁，回眸无限。

曾经的遗憾

有一种遗憾，叫作与你擦肩、与你错过，虽然时隔多年，深深的失落感依然记忆犹新，没有随着时间的流逝而消失……

小学五年级的时候，学校要挑选一部分同学参加全县小学生大型集体舞表演，叫“龙首舞”。选上的同学每天放学后开始学习舞蹈、集体排练，我也有幸作为演员之一开始了认真地排练，虽然忘了什么动作，但兴奋的心情记忆犹新。当时参加表演的同学需要随学校统一购买一套表演服，红色的运动衣，白色的运动鞋，加上白色的帽子、手套，一共15元。我盼望着有朝一日和同学们怀着激动的心情一起站在舞台上盛装表演。

突然有一天，老师告诉我明天不用参加排练了。我不解地问：“为什么不用排练了？”老师说：“你身体不好，这次先不参加了，以后还有机会的。”原来父亲找到老师说我有比较严重的贫血，运动多了会头晕，不适合参加体育活动，老师就同意了。当时我身体确实不太好，头晕贫血，身体瘦弱，于是就无奈地退出了排练，只是每天看到同学们学习新的动作，心里不由自主地羡慕着、向往着随着音乐翩翩起舞的快乐。

后来懂事了才明白，不能参加排练的真正原因是家里的经济状况。母亲常年生病住院花费太多，爷爷、奶奶需要赡养，我们三兄妹都在上学，各方面都要花钱，这些经济重担都落到父亲一人的肩上。为了节省开支，父亲不得已才找到班主任老师，以我贫血为理由使我放弃了参加表演的这个机会。

或许人生中有些没有机会获得的快乐都是弥足珍贵、记忆深刻、令人向往的，尤其对当年只有11岁、强烈向往艺术课堂氛围的小女生来说，这种得而复失的遗憾更是久久无法释怀。虽然我一直没有怨过父亲，可这个遗憾深深地烙在了我的脑海里，不知不觉伴随了我很多年。近年来偶尔与父亲提起、笑谈这个永久的遗憾，却每每勾起父亲内心的歉疚……

终于理解了为什么这些年来父亲一直默默在支持我的爱好。细数从我20岁开始工作以来，陆续参加过市里举办的几届交谊舞大赛，随单位参加过郑州市里的文艺表演，到郑州参加上级部门组织的系统文艺表演，以及后来坚持了多年的舞蹈学习、比赛，考取舞蹈教师资格证。我那一向观念传统保守、一生循规蹈矩的父亲却一直很支持我参加各种训练、各类比赛和表演，也每每为我取得的成绩而骄傲，每每与街坊邻居、熟人提起，激动、自豪之情溢于言表。我还清晰地记得1990年参加市里举办的两届交谊舞大赛时，父母坐在台下看我盛装比赛时的开心笑脸……

很多时候，遗憾就是这样成为一个时代的印迹，成为一位父亲深埋于心底的对子女的内疚与自责。

我们的音乐课

小学三年级的时候，我来到城里上学，每天下午打了预备铃后，离上课前的几分钟时间，老师会让班长领着同学们唱几首歌，《娃哈哈》《找朋友》《爷爷为我打月饼》等。初次听到同学们一首接一首地唱着优美动听的歌，特别羡慕。因为之前一直在乡下上学，没有音乐课，更不会唱歌，于是一周两节的音乐课，成为我最大的期盼和快乐。

上课之前，五六个男孩子在刘老师的指挥下七手八脚合力把一架脚踏风琴抬进教室，在讲台摆放停当。美丽的刘老师把歌词和歌谱贴在黑板上，音乐课就开始了。那掀起的琴盖，展示着一个崭新的世界，黑白相间的琴键，牢牢地锁住了我的视线，美妙的琴声，唤醒了我从未有过的向往。

原来世界上还有这么悦耳动听的声音，原来世界上还有这么美好的事情！刘老师先讲乐理知识，了解音乐的节拍、节奏、速度、力度，认识一些符号、记号，认识各种乐器，然后我们跟着老师的琴声“咪咪咪、嘛嘛嘛”练习演唱发声。

一系列程序完毕，老师开始一句句耐心地教我们学唱新歌，伴随着悦耳动听的琴声，我们很快就学会了《娃哈哈》《小燕子》《卖报歌》《铃儿响叮当》《中国少年先锋队队歌》《让我们荡起双桨》《每当我走过老师窗前》《海鸥》《春天在哪里》《听妈妈讲那过去的事请》这些歌，跟着老师一起唱歌的感觉真好！

每当我们学会一首新歌之后，老师就会根据歌曲内容加上简单的舞蹈动作，或者编排成一段舞蹈，让大家上台表演。这样一来音乐课更加丰富了，同学们也感到更有趣了！课外，老师挑选一部分同学组成了学校腰鼓队，通常在下午的第三节自习课，腰鼓队的同学就会开始在操场练习，我很羡慕腰鼓队的同学，于是常常侧耳聆听同学们的打鼓节奏，心也跟着陶醉了。有时晚上回家后，我就站在桌边拿两根筷子想象着腰鼓的节奏娱乐起来。

有音乐伴随的人生是充实丰富的！有音乐相伴的童年是开心快乐的！感谢我的老师为我开启了一个美好的音乐世界，使我感受到世界的美好。

同桌的你

记得，刚来城里上学，同桌女孩叫小燕。

小燕，名不副实，胖乎乎、圆滚滚的脸蛋和身材，丝毫也不“身轻如燕”，并且对初来乍到、一身土气的我，既不友好，也不关照，甚至还有几分鄙视，偷偷用指甲掐我的手，往我衣服上甩钢笔水，在共用的课桌上画三八线，一旦逾越立即不客气，又瞪眼又拿胳膊肘顶，是个标准的“野蛮霸道小女生”。直到有一天我被家人发现衣服上的蓝色水印、手上的指甲印，询问之下，我才委屈地道出原委。于是，妈妈让我把小燕叫到家里玩。妈妈温和地对小燕说：“你俩的爸爸都是老同学、好朋友，咱们还是老乡呢，你俩平时更要互相团结、互相帮助哦！”

那天以后，事情出现了180度大逆转，小燕似乎变了一个人，我俩成了好朋友，一起上学一起放学，放学一起写作业，一起跳皮筋、跳绳，穿一样的凉鞋，学校春游共享各自带的午餐，周末或者放假到彼此的家里玩。

1991年，小燕高中毕业，我中专毕业，我们暂时待业。后来一起参加丝绸厂招工，都有了正式的工作。下了晚班或者周末经常相约一起出去玩，甚至晚上在我家或者她家睡，不知不觉聊到半夜。父母对我的家教一直甚严，因为家住得比较偏僻，晚上不允许出去，更不允许在外过夜，但是对小燕的约伴一起出去一直很支持、很放心。因为是多年的好友，更因为小燕的胆子很大，举止做派像个豪爽的男孩子，晚上总是能把我安全地送到家。

1994年7月，我们约伴坐了两天一夜的火车一起去天津游玩。她的两个哥哥都在天津工作，我们吃住在她的大哥家，她的二哥二嫂正在准备出国，但还是抽时间带我们畅游天津。在塘沽海港、水上乐园、动物园、劝业场、古文化一条街等许多地方，我们留下了许多难忘的回忆。我们也淘了一些各自喜欢的东西，小燕买了透明的水晶球、水晶天鹅等工艺品，我买了木质的项链、陶制的茶具，满载而归。

或许是缘分的指引，小燕和我的家庭非常相似，都是兄妹三人、两个哥哥。我的母亲在我婚后第一年春节中风之后瘫痪；小燕的父亲后来常年瘫痪在床，两个哥哥都在外，她的负担比我更重。后来的我们，见证了彼此的恋爱，见证了在各自婚姻里的成长、磨炼、挣扎、曲折、变化，虽然见面不多，但依然保持着无话不谈的友谊。小燕在经历了一次惨痛的婚变后再次走进婚姻殿堂，丈夫对她很好。1999年，我们相继生子，小燕的女儿与我儿子同龄，相差一百天。再后来，我们各自的孩子高中居然也是同班同学，差一点也成了“同桌的你”……

一封表扬信

20世纪80年代的天空，似乎更蔚蓝，云更洁白，如同那时的白衬衣、蓝裤子一样的澄净。三月的学雷锋活动月，同学们争着学雷锋，热情高涨，做好事蔚然成风。除了学校统一组织的上街打扫卫生、植树、浇树这些活动，老师又根据家庭住址将班上的同学们分成若干个学雷锋小组，课余或者周末，一个个戴着红领巾的小雷锋们就奔向各自所属的区域开始行动了！

因为家住大院，每天早晨不到6点，朦胧的晨曦中，我就和小伙伴一起来到县委大院门口，挥着大扫帚分头各扫一边，把政府大院门口的落叶、杂物扫得干干净净，常常赢得早起上班的人们赞许的目光。下午放学写完作业，我和小组的伙伴来到大院的工作区或者家属院打扫卫生，不怕脏、不怕累，得到了家长们的赞扬。

除了扫地，那时小伙伴还做过很多好事：比如大院菜地南边的刷碗池，水龙头经常关不严实，小伙伴遇见了，会主动关严，发现坏了的水龙头，会告知相关人员及时维修；看到老人跌倒了，主动搀扶；不畏寒冷，帮助左邻右舍清扫门前积雪；帮助邻居倾倒垃圾，如果发现垃圾在池子外面，会清理到池子里边；帮助邻居拿信件、喊人接电话；发现丢失的物品，主动交到办公室，让大人帮忙寻找失主；帮助行动不方便的人打饭、刷碗、打扫卫生。由于我们做好事范围广泛，态度积极热情，关注点滴小事，“不因善小而不为”，因此受到大家的一致好评。不久，一封封来自县委某些部门的表扬信寄到了学校某班某老师手中。当老师每次在班级读表扬信时，被表扬的同学心情格外激动，荣誉感、自豪感油然而生。

湖畔寻梅

有一种想念是秋天的甜，想念秋天的云淡风轻，想念秋水共长天一色，想念秋风与黄叶的共舞，想念秋风与大地的缠绵。

早 晨

冬天的早晨，恰是黎明前的黑暗时分，世界一片安静，睡眼蒙眬。我出门买早点的时候，天还没亮，出了小区大门，路灯都还亮着，橘黄的光辉洒在干净的街道上，在宝石蓝的天空映照下显得分外柔和温暖，空气清冽干爽，冷风一吹，头脑异常清醒。

此刻街上人迹稀少，车辆不多，只有呼呼的风吹着口哨摇落树梢的叶子，顽皮的风又在马路上追逐着落叶。辛勤的清洁工穿着橘黄色的工装挥舞着扫把，扫着地上的落叶，垃圾清运车已经在中转站开启一天的工作。

赶早班的人骑车或开车疾驰而过，买早点的男人或者女人穿着棉睡衣、提着饭盒，脚步匆匆。临街楼房陆续有灯光亮起来，只听见豆浆机、抽油烟机的鸣响，炒锅和锅铲的碰撞，闻见炒豆腐的清香、煎鸡蛋炸馒头片的香气，不用说就知道是勤劳的父母或者祖父母已经在自家厨房给孩子做早餐了。

这个寒冬的早晨，当很多人睡梦正酣、被窝正暖，或者出去跑步晨练时，却有多少人忍受着寒冷，牺牲了休息时间和温暖，起来给自己的孩子和家人买回早点，或者做营养健康、美味可口的早餐。不同的家庭的早餐可能各不相同，或许是常见的稀饭、馒头、咸菜、炒菜、豆浆、米糊、包子、油条、鸡蛋、豆腐脑、煎包，或许是面包片、香肠、煎蛋、咖啡、果汁、牛奶……这早餐无论是中式或者西式，无不深深融进了制作者殷切无私的爱与奉献，让家人有健康的身体、充沛的精力和快乐的心情，开始一天的学习和工作。

从这一个早晨到下一个早晨，从世界的一个角落到另一个角落，斗转星移，时光悄然！无数个早晨在不知不觉中流逝，无数次忙忙碌碌的早餐甚至一日三餐、洗洗涮涮，周而复始。孩子渐渐长大，父母亲一天天变老，双手不再光滑细腻，眼神不再清晰明亮，白发渐渐增多，腰身有点佝偻，亲情就在这样日复一日、岁岁年年的付出和奉献中得到了延伸。不过是浩瀚宇宙中一个平凡的冬季、平凡的早晨。生活告诉我它的平淡、温馨，带着柴米油盐的浑浊气息，重复着锅碗瓢勺不变的旋律，甚至带着些许无奈、烦恼、琐碎不堪，然而亲情不断、奉献不止、代代相传、生生不息，且发自内心无怨无悔，不因时间的推移而改变，不因时空的转换而改变，不因地域的差异而改变。永远永远，这些都是亲情不变的原生态，这些也是人间的大爱。

风 中

起风了！

风不知何时而起，只记得昨夜的梦略有些不宁，我的窗子开着，听见风儿飞进来，在客厅和卧室游走、低语，门在吱呀呓语，顶楼的窗子哐哐作响，似在表达对风先生不请自来的不满。后来风停留在我的床头，飞进我的睡梦里，梦醒之间我看到一只精灵翩然而去，留我独醒在黎明时分。

是啊，风来了！晨曦微现、星辰闪耀，走出梦境，听风去！仿佛听到朋友的热切邀约，我翻身坐起，睡衣外面套上长外套，牵上我可爱的灰姑娘匆匆下楼，急切地走进风里。

仲春时分，路边的树已经绿意盎然，居易园的玉兰、樱花谢了，浓荫深处写尽春深，银杏、绿竹与早起的人们一起舞蹈，迎风摇曳；早起的鸟儿在纵情唱出一连串欢快的音符。

从青春少女时，就一直爱着风，没来由地痴迷。喜欢坐在窗前听风的低语、风的歌唱、风的舞蹈。或许雨会湿了你心爱的鞋子，打湿你的发丝，会带给你莫名的伤感，而风却不会！喜欢独自走在风里，感受风的问候、风的思念、风的气息、风的旋律，会无端地想起那一句：风起的日子笑看落花，雪舞的时节举杯向月……

不喜欢狂风的怒号，那是一种无助的呜咽，如困兽般的无奈、如祥林嫂般的凄切，以及对命运的悲愤控诉。然而，当风儿微微、风儿沙沙，园子里的绿竹姑娘手牵手站成一排，和樱花、玉兰、银杏一起含着娇羞婀娜款摆，接受风儿温柔的问候和多情的爱恋。渐渐地，风似乎受到绿姑娘的鼓舞，情绪渐渐热烈，沙沙变成呼呼，一阵狂似一阵，叶儿有些承受不住这份炽热的爱意，纷纷低头羞红脸颊，随风劲舞。

风依旧兀自唱着一曲热烈的恋歌，在风中，且让爱风的你我停下匆忙的脚步，感受风的拥抱、风的热情、风的吟唱、风的舞蹈！不妨闭上眼睛、仰起头来、张开双臂，让多情的风儿吹拂你的长发，印上它深情的一吻；让风儿贴近你的心胸，就像徐志摩笔下那快乐的雪花，翩翩地在半空里潇洒，让风荡涤你的心情，让你的心随风飞扬！

狂风联想曲

今天的风，实在有些疯狂，准确地说，是在19楼听到的风。说它疯狂，真的一点也不过分。午后，听见风声大作，重重拍打着窗子，像要摧毁整幢大楼。

狂风的怒号中，一只被关进了马戏团笼子的狮子，压抑一触即发的怒火，暴躁地走来走去，愤怒地低吼着，怀念着山林中的王者荣耀，似乎要冲出栅栏，重返它的自由王国。

狂风里，一个怨妇正喋喋不休地向人们控诉着丈夫的劈腿、言而无信，哭泣着、倾诉着无尽的怨愤、无尽的失落。

狂风中弥漫着丢失了孩子的母亲的焦灼、无助甚至抓狂的情绪。四处奔走，疯狂疾呼，如发疯一般寻找着孩子，带着最深的自责、最坏的猜想，恨不得见人就跪，为了快点找到孩子不惜一切。还有一个女人在公园来回奔走，焦急地寻找一只名叫“乖”的爱犬，听说她的“乖”到了生育期被主人忽略了，抑郁了，趁主人不注意悄悄离家出走了，或许这风中的呼唤还包含着“乖”的主人的一丝歉疚?

狂风里，弥漫着祥林嫂丧子丧夫的伤痛和无助，控诉着那个社会对一个本分、勤劳的妇女的摧残，控诉着封建礼教之下人性的丑陋。狂风也似乎在恣意渲染着祥林嫂的悲情人生。第一任丈夫死后的祥林嫂给鲁四老爷家打工，后被婆家抢走卖给贺老六，钱用来给小叔子娶媳妇，所幸贺老六对她还好，生了一个孩子叫阿毛。然而，天有不测风云，丈夫贺老六得伤寒死了，儿子阿毛被狼吃了，她被大伯子赶出了家门。经历了丧夫丧子的打击又无家可归，只得再次给鲁四老爷家打工，此后精神恍惚，做事不如先前那样麻利，且常常发呆，每天睁着大而无神的双眼，逢人就说阿毛的悲惨故事，先是被同情，后被当作笑料，再后来劳动的权利被剥夺，沦为乞丐，最后在家家祝福、热热闹闹的新年爆竹声中悲惨地死去……

不知怎的，今天的风让我有了这么多联想，风的怒气、风的哀怨、风的凄婉、风的歉疚……将我午间的睡梦搅得支离破碎。唉，余生只做一个无悲无喜、物我两忘的人多好，不要这么伤感，不过是一场偶尔的狂风而已呵，莫因风的疯狂怪异就厌弃了它，因为它曾经陪伴了我的冬和春。此刻，美丽的初夏已经来临，初夏的微风、初夏的绿荫、初夏的果实都是美丽可期的，小伙们已经换上夏装、姑娘们漂亮的裙子开始轻盈地飘起来了……

穿过梦一样的细雨

春天的雨终于在中午时分如期而至，细雨如丝，细雨绵绵。像是收到了朋友的盛情邀约，带着一种依然爱雨的心情，我撑了伞匆匆走进无边的雨中。

这片天地自古以来不知道经历了多少场雨的荡涤，春雨的缠绵、夏雨的狂热、秋雨的悠长、冬雨的寒冷……天还是一样的天，雨还是一样的雨，因为不一样的季节，雨也拥有了不一样的色彩和情调，走在雨中也就拥有了不一样的心情，如走入不一样的梦境，或冷或暖，或悲或喜，或浓或淡，回味无穷。

多年以前，或许就是这样一场缠绵细雨的到来，赋予了诗人戴望舒淡淡的忧伤，无尽的遐想，诗人撑着一把油纸伞，独自彷徨在悠长又寂寥的雨巷，看到身旁默默走过一位丁香一样的、结着愁怨的姑娘，丁香一样的颜色，丁香一样的芬芳，丁香一样的忧愁，在雨中哀怨又彷徨，冷漠惆怅，凄婉迷茫，飘然相逢又飘然而散……

春雨通常不热烈，不霸气，细密绵长，沁润无声，轻轻地来，淡淡地去，如相知的挚友，或许近在咫尺，或许远在天涯，但是它一定住在你的内心深处，陪你欢喜陪你忧。情意绵绵，润物无声。它永远安静温暖地滋润着你、陪伴着你走过生命之旅。

夏雨往往张扬着火热和激情，像一场突如其来、不由分说的爱情，带着不容置疑的强烈、霸气，呼啸着席卷而来，交织着电闪雷鸣，酣畅快意、兜头而下、一路狂奔，好一场痛快淋漓、敢爱敢恨的表白。

夏尽，秋意凉，一场秋雨的到来让人莫名伤感。萧瑟的秋风、飘零的黄叶、枯萎的花瓣，消散了夏日的浓艳和芬芳；雨滴与秋风共舞，与落叶共鸣，弹奏着一曲离别的悲歌，无奈和凄凉随之而来。穿越几百年的漫漫时空，在相似的时刻，我看到词人李清照痛失了情投意合的赵明诚之后的暗淡余生，那寂寞愁苦的黄昏，那挥之不去的点点愁绪，那借酒消愁的无奈，以及酒醒梦回辗转不能寐的痛楚：

东篱把酒黄昏后，有暗香盈袖。莫道不销魂，帘卷西风，人比黄花瘦。

……梧桐更兼细雨，到黄昏，点点滴滴。这次第，怎一个愁字了得！

相信曾经深爱又离别的人都会有一番刻骨铭心的伤怀……

穿行在这样的时刻，我忽然有了一丝恍惚，时光在这一刻也渐渐停顿，情不自禁地忆起了许多随着时光悄然淡忘的往日情怀。忆起幼年的懵懂，少年的无忧，青春的多愁、多思、多梦；忆起清晨细雨中的离别，流下的清泪；忆起依然燃烧的青春梦想。感慨青春的消逝、人生的惆怅、前路的彷徨，想问雨来自何方，想拂去心的忧伤，想回到少年的时光……

多情的雨啊，依然洒脱自在地飘落着、吟唱着，给了我无尽的回味、畅想！穿行在雨中，穿过梦一样的长廊，穿过渐行渐远的青春，穿过曾有的惆怅、彷徨，看见亮光依然在前方，给了我许多前行的希望。

遇见东岸

暮春四月，下了班看天色尚早，想到公园走走，这么美好的春色，辜负了实在可惜。

缓步走上拱形的小石桥，经过乐水亭，放眼望去，红色的木桥，红色的栏杆，微风轻拂绿柳，三五成群的游人，中国风的灰色石栏，流动的河水，嘎嘎叫的野鸭，咕噜噜游走的船，此起彼伏的呱呱蛙鸣，成了鲜活流动的画面，吸引着我急切地想做一回画中人，融入春天的画卷。

东岸的美，不必拾级而上，仅仅在河畔岸边小道上漫步，在鲜花盛开的花园驻足，已经是莫大的惊喜与享受。木桥边、花园里、河畔小道旁，各色的花儿竞相开放，硕大肥美令人惊艳：鲜红的热情，粉红的娇艳，嫣红的妖娆，鹅黄的清新，还有红黄相间的奇异。这些花朵也是千姿百态的，正盛开的花儿热情大方，无拘无束；含苞待放的花儿含蓄温婉，暗香盈袖。一朵朵花像是一张张美丽可爱的小脸，等你驻足，等你欣赏，等你弯下身体去亲近它天鹅绒般的质地和光泽，惊叹它的美，这美，时而热烈张扬，时而温婉含蓄，让人沉醉良久，不忍离去。虽然西岸有长长的花廊，繁花锦簇，美不胜收，但是东岸的河畔同样能遇见满园花开，满目芬芳，目不暇接，恨不得每朵花都看一看、嗅一嗅，留住它最美最动人的时刻。沿着河畔小道一路走来，鲜花姹紫嫣红，争奇斗艳，芬芳扑鼻。路边高高的土崖上竟也已经开满了粉和白的蔷薇花，娇小可爱，清新淡雅，使人怜惜。伫立一角，此刻夕阳余晖、春风沉醉、流水潺潺、清波荡漾、鸟声悠扬、蛙鸣声声，还有游人走在木桥上发出吱呀吱呀的声音，这映入眼帘的色，飘进鼻孔的香，沁人心脾的春的气息，悠闲享受慢时光的人儿，置身于大自然慷慨赐予的融视、听、嗅觉为一体的盛宴，聆听春之交响，让我痴痴流连。

不知不觉，已是暮色四合，天色还有些许微光，公园的灯尚未亮，来游园的人们多了起来，人影浮动，风吹叶动，远远近近蛙鸣声声，此起彼伏，高高低低，甚是热闹动听，在这春风沉醉的夜晚，我竟有了不醉不归的感觉。

爱了，这多姿多彩的春，这夕阳中的迷人光彩！

爱了，这春光中无限美妙的一切！

生如夏花

昨宵常伴洧河灯，今日清弹六月风。

芳岁丰姿谁淡抹，黄花瘦影别时容。

一夜之间，栾树满枝、满地、满街的一片黄色的花海成了绿肥黄瘦的世界，枝头一叶渐渐茂盛，黄花褪去了娇艳的丰姿，消瘦、憔悴、暗淡、干枯。夏至的风吹过，黄花瘦影，簌簌而落，七零八落，无力地堆在一起，又逢一阵雨，无处闪躲，却是不忍细看的落花残黄，醉意阑珊。

梦里依稀夏花绚烂、情浓意浓、千娇百媚、丰腴娇美。短短几天的时间，黄花悄然退场，枝头挂起一串串可爱的绿色灯笼。如薄纱一样翠绿的外衣，包裹着幼嫩的果实，怀着曾经轰轰烈烈的青春梦想，伴随着曾经不期而遇的绚丽绽放，黄花以另一种形式复苏、归来，迅速完成消亡与新生的完美交替，彻底与大树的根基融为一体，呵护着新生命的来临。守护着一个个小灯笼，那是它的心、它的命，是它一生的山高水长，是曙光与希望。

虽然夏日有不宣而至的暴雨和狂风洗礼，电闪和雷鸣摧折，它依然如勇士一般日益坚强、无所畏惧，逐渐具备风雨兼程的力量。那是六月孕育的新生命，生命从此开始硕果累累，新娘从此开启新的篇章，或许又是另一番丰硕景象！

夏季是催生万物茁壮生长成熟的季节，玉米、花生、红薯、豆子……小灯笼也不例外。经过了漫长夏日的骄阳暴晒、暑热氤氲、风雨洗礼、雷电问候，包裹在灯笼里甜甜沉睡的小生命开始梦呓萌动、愈发蓬勃，或许秋季即将来临，灯笼已经日益丰腴饱满，染出吉祥喜庆的红晕，就像经历了十月怀胎的母亲一样骄傲自豪、高高隆起的腹部！

终于在一天早晨，一颗颗圆润饱满、乌黑锃亮的小脑袋开始挣脱母亲的胎衣，叽叽喳喳、争先恐后跳出母亲温暖的腹部，奔向敦厚的土地。此刻，黄花带着欣喜和疲惫，或许还有喜悦的泪珠，张开温暖的怀抱迎接新生命的滚滚到来。

此时的黄花已经不是昨日含羞带娇的少女，六月新娘也悄然成长为珠圆玉润的小黑豆宝宝的娘，黄花的生命因此而充实饱满，也因此而再度完美升华……

我看花儿多妩媚，料花儿看我应如是。究竟花如一生还是一生如花？这耐人寻味的花语，这耐人寻味的人生……

愿此生的你、我走进花季，走过雨季，看淡潮起，看淡潮落，聆听花落的离殇，品味花开的盛放，捧一颗宁静淡泊的初心，渡一条波光荡漾的长河，如夏花一样的绚烂，如秋果一样的饱满，岁月丰盈，收获幸福。

六月新娘

小黄花是栾树的花朵，小巧精致，像一个个穿着芭蕾舞裙的精灵从天而降。因为小巧，从容淡泊、与世无争；因为精致，俏丽轻盈、与众不同！它从容、优雅地出场，如娇美的夏日待嫁新娘，不闻芬芳，一片娇黄，带着夏的热烈气息，却于不经意间就惊艳了初夏时光。一大片一大片亮灿灿的鹅黄，一簇簇一团团不闻浓烈的暗香，季节的长袖轻轻一挥，便给大自然又抹上了一笔清新靓丽的色彩，向着远方的天空无尽地晕染。

这浓密的盛开在初夏时分的小小花朵，没有牡丹和玫瑰一般的靓丽丰姿，没有馥郁迷人的芬芳，它不是带着淡淡愁绪的明日黄花，不是革命先辈笔下的战地黄花，却在一夜之间悄悄登场，遍布枝头。是的！总有一些美好值得等待，总有一些时光值得珍藏，这盛开在和平年代的绚烂夏花，经过冬的漫长守候，看过春的一季繁华，迎来此刻的绽放。

那满树的轰轰烈烈，像是积攒了整整一年的话语，引得蜂舞花间，痴痴流连，欲诉相思。凝神倾听，一阵阵细微的嘤嘤、嗡嗡，绵绵不绝却又蔚为壮观。清晨的微风吹过，黄花簌簌而落，轻盈地停落在我的发间、耳畔、肩头，这雅致可爱的夏日小精灵，你是在和我诉说你昨夜辗转的相思么？落了一地的花瓣呵，分明就是昨夜片片散落的春梦，予我以温馨美好的想象……

六月时节，那些春天的花神们在季节的舞台大肆狂欢之后依次退场，迟来的小黄花才开始登上夏的舞台优雅绽放，仿佛一个个穿着黄色芭蕾舞裙的仙女从遥远的天际翩翩而来，一夜之间构筑了一个黄色的世界，黄色的花，黄色的海，满枝、满地、满街。

夏挥动黄色的画笔，以蓝天白云为底，描绘大片大片靓丽娇艳的黄色。仿佛那年披上婚纱的美丽新娘，缓缓走过黄色的地毯，踏上黄色的婚车，黄色的小花纷纷扬扬撒向新郎新娘。鸟儿的殷勤鸣唱是爹娘不舍的句句叮咛，蜜蜂嗡嗡嘤嘤奏起兄嫂关切的送嫁乐章。门前月季正吐夏至芬芳，怀里小侄懵懂不解世事繁忙，微风送来花炮喜庆轰响，新娘低头不语泪流千行。

友诗云：

依稀漫步虹桥北，梦里弹琴洧水东。

五月芳邻谁出嫁，两花飘逸汝眸中。

美丽的夏日新娘，你的芳名叫六月，愿你流年从容，时光静好，灿若夏花，韶华绵长……

立 秋

走过初夏这个季节、这片天地，我们拥有太多的回忆。曾在溱洧河滨，看寂寞沙洲、两河牵手、渔夫荡舟；曾在公园东岸，看翠柳垂丝、荷塘翠绿、荷花飘香；曾在南桥荷塘，看白云悠悠、天马行空、夕阳如火、醉美晨昏；曾在轩辕湖畔，看蓝桥卧波、绿树浓荫、野鸭踱步、泳者惬意；曾流连于在水一方，约皓月清风、芦苇清凉、灯河梦幻、蛙鼓细浪；曾不期而遇一场五月的滂沱大雨，雨中的凉风拂面款款低语，夜雨敲窗絮絮而谈，雨珠嘈嘈切切，润物悄然无声；也曾流连于乡间麦田，看麦浪翻滚、熏风扑面，桑葚葡萄孕育希望；更走进西山，采摘成熟饱满的黄杏，寻味初夏的酸酸甜甜。

走进盛夏，感受酷暑、熏风、热浪，曾想周末在河畔老地方寻觅一方清凉，寻觅一份静谧，让我的琴弦开始歌唱，然而浓荫凉爽之地又蝉鸣殷勤、胡琴嘹亮，超强的分贝让我优雅的木琴有一点受伤，如此境界我的木琴情何以堪？只得携琴逃遁而去。苦闷之余，看见朋友圈有《七月词》曰：窗下觅风，荷塘夜，蛙鸣蝉噪，蒲扇邀凉……卧席眠，掩卷品丝弦，消暑长。不禁想：漫长盛夏能觅得这样一方净土，很美！试想一下：蝉声在远处，荷塘在窗外，窗下吹凉风，读书品丝弦，听蛙鸣蝉歌，该是何等的清静与安逸！

而这个盛夏也给了我新的命题，明天和意外究竟哪个先来？当意外给人类带来猝不及防的重创，生命是何等的渺小与微不足道？我忘了惆怅，也于意外中看到人性的闪光，看到于灾难中崛起的力量与希望。公交因疫情停运，无奈选择步行上下班，于是湖畔成了每天上班途中的必经地，梦里的湖畔依然对我柔情款款。匆匆的步履中哪怕稍作片刻的停留，吹吹清晨微风，随手拍下湖畔的风景、偶遇的莲蓬以及晚熟的毛桃，也是极大的享受。

闲时翻看朋友圈，看到朋友写下《醉花阴·垂丝柳》：“寂寞西楼谁影瘦？陶醉三杯酒。旅馆谢郎愁，梦里伊人，几捧相思豆？难眠夜里听沙漏。远客能知否？画舫如浮萍，随水漂流，何处垂丝柳？”

读完不禁拊掌赞叹，好美的寂寞西楼、好细腻动人的伊人相思！湖畔的流水和垂柳成为诗人眼中情思细腻、婉约动人的女子，斜倚在西楼的寂寞里浅浅吟唱，眉目之间含着淡淡的云烟，谢郎此时在何方？或许在千里奔驰的归途，或许在暂且安抚疲惫的客栈，或许在洧河的归梦中踏歌而来，其实谢郎就在伊人的心里，成为一片温情的月光在伊人的梦里飘摇……

这两天朋友都在说：“风吹一片叶，万物已惊秋。”更有爱诗的朋友写道：“一夜清凉夏日休，三哥荡漾玉莲舟。漫天红叶枫盈梦，遍地诗人赋立秋。”尽管白天依然艳阳高照，蝉鸣不绝，然而在早晨、在夜里已经明显感到了丝丝的凉风，舒适宜人，就像朋友写的词一样：“西苑蝉歌还清唱，南桥已是新秋。倚栏遥望彩霞洲。两河东逝水，三梦北方楼……”

夏将尽，暑热即将淡去，凉爽的秋季终将到来，记得多年前的一个夏末，一个朋友欣喜地说：“好喜欢秋天的气氛、秋天的感觉、秋天的味道。”总有一些情怀让人念念不忘，总有一些记忆让人久久珍藏。有一种想念是秋天的甜，想念秋天的云淡风轻，想念秋水共长天一色，想念秋风与黄叶的共舞，想念秋雨与大地的缠绵，想念秋草一片辽远苍茫，想念那一片金黄与火红将浪漫极致地渲染，还有那一曲静谧的“秋日私语”……

在这夏秋之际，你是否愿意与我一起，捧一颗欣喜的初心，享丝丝夏意，挽缕缕薄云，聆听晚风的轻唱，静候初秋的翩翩而至……

山中踏秋

是何时起我收到了关于秋来的讯息？是清晨第一缕不再那么炙热的阳光？是傍晚归途扑面而来的略带凉意的风？是夜晚不经意间听到的窗外低低的虫鸣？抑或是夜里的雨声滴答带来的渐浓秋意……

当季节的画笔送给深秋色彩斑斓、浓淡相宜的外衣，大山便显得分外美丽可爱！远望那一大片一大片连着的山，清新的绿、璀璨的黄、如火的红，拾级而上走进这一大片五彩缤纷的秋，发现每一片红叶都有不同的味道，火红的热情，深红的沉静，嫣红的娇艳醉人，在艳阳的照射下如燃烧的火焰，如天边傍晚的云霞，无不浸透大自然的色彩，红得纯粹，红得醉人。这一片红色簇拥着我走进浓浓的秋之梦，我不由得左顾右盼，如酒后的微醺，简直要醉倒其中。

与朋友约伴，在窄窄的山道行走、驻足，迎着秋季干爽的风，脑海不时涌现熟悉的诗句：“停车坐爱枫林晚，霜叶红于二月花。”

我的眼睛看不尽这片丰姿，我的相机更拍不尽这幅多彩画卷。朋友，还记得你情不自禁地感慨：人的生命也应该像红叶这样，无论哪个季节、哪段历程，都要努力活出生命的绚丽色彩，轰轰烈烈绽放美丽。

是啊！我喜欢春花之畅想，喜欢夏花之灿烂，我更喜欢秋叶之静美。秋叶之美，在于绿得清新，黄得璀璨，红得沉醉，动人心弦、摄人心魄，美得纯粹、毫无保留。迎接艳阳普照，迎接风霜洗礼，自在绽放，自由张扬，或许这就是生命的一段段记忆，时光的一抹抹色彩，走过青葱岁月，迎来金色年华、火红盛放。我想，无论哪一段路程，都如这春夏秋冬，有着她独特的风景与色彩、梦想和希望。我们要用心走好每一段路程，用心感悟、回味每一段美好时光，不辜负每一段年华，拥有充实美好的回忆。

不知不觉天色已晚，挥手作别西边的云彩，满载着多彩的秋之梦、秋之画、秋之歌，我采撷下几片红叶，准备当作漂亮的书签，珍存秋季赠予我的礼物。

和你一起去看云

曾走过冬日的湖畔，越过春天的西岭，瞻望时空，流年似水，与月光徜徉。

曾走过南桥初夏的柳堤，穿过寂寞的沙洲，在水一方，蛙鼓细浪，看芦苇清凉。

途中，风景无限、山水无限……

而我，却钟情那片云，钟情和你一起，去看那多姿多彩的云。

浓淡高低的云

浓浓的云，永远徘徊在最低处，在酷暑的淫威笼罩中，酝酿了漫长一夏的燥热、闷热、忧郁。盛夏的乐章已奏响高潮，浓云渐渐乌黑，铺天盖地而来，携带风的欢呼、雷电的鼓舞，呼唤那一场呼啸而来、痛快淋漓的滂沱大雨，还天地一个清爽冰凉的世界！那云，难道不是历经了长年累月、不为人知的清苦、孤独与寂寞吗？那酣畅淋漓的大雨，就是遨游天际、笑傲群雄的人生快意，是厚积薄发、喷薄而出的激情豪迈！

淡淡的云，很高很高，常常出现在秋天或者雨后，拂去了夏的酷热、烦躁和夏雨过后的潮湿，秋意舒爽，秋风微凉，阳光不燥，大地奏起淡泊宁静的柔美乐章。这时的云，换上女子洁白轻薄的纱衣、纱裙，或许粘着片片轻盈洁白的羽毛，有着清浅的颜色、飘逸的衣袂、惬意的宽袖，轻盈随意，时而偎依在天空宽广的怀里，如小鸟依人般柔情蜜意；时而飘离出去，舒展长长的衣袖，舞一曲云卷云舒，弹一曲霓裳羽衣。

姿态变幻的云

那云，是姿态万千、变幻无穷的！晴空丽日的云朵，如棉絮一朵朵，如羽毛一片片；如轻烟一缕缕，飘在湛蓝的天空；如浪花一排排，漫过银白的沙滩；如四只小天鹅，欢快舞动于天鹅湖畔；如仙女飞越琼楼玉宇，羽翼翩翩、裙裾翩翩；如一只白鹤穿越千年时空，翩翩飞来，一声长鸣，遐思无限！那云，有时又有着别样的动人心弦、摄人心魄的视觉震撼，浓重的色彩、大幅的画面、神奇逼真的造型，像敦煌飞天飘逸的衣裙、飞舞的彩带，如穿着五彩绚丽衣裙的洛神起舞，衣袂翩跹、翩若惊鸿；如神龙摇首摆尾、傲视天地；如浴火凤凰翱翔天际、灵动飘逸；如大鱼在海洋嬉戏，奔向纵深处的神秘，意趣美妙、想象无穷……

这样的云仿佛离我很近，甚至可以伸手触摸到洛神的衣袂、鱼的脊背、凤凰的羽翼、龙的鳞角，云天融为一体，与大地交相辉映。那样的时刻，如此渺小的我愿意屏住呼吸，和你走进瑰丽多姿的巨幅画卷，共享美妙的灵魂震颤。

色彩斑斓的云

最爱那一抹抹如火燃烧的云霞，辉映着落日熔金，且称为彩霞满天、醉美夕阳，谁说夕阳已近黄昏？看那沐浴着夕阳金光的湖面、油菜花、芳草园和无限延伸向远方的铁轨、林梢，都披上了璀璨的光芒，映红了我的脸庞。我仿佛看到了盛装的新娘，等待着骑着高头大马来迎娶她的情郎。情郎温柔的目光，在溱洧河流的波光里荡漾；情郎多情的诗行，在河畔芦苇的清凉里徜徉；情郎拨动心弦的歌唱，在凤台寺塔的风铃中回响。让心在炽热的云霞中沉醉，让情思在此刻的温情中绽放。

浪漫多思的云

其实，那片云也是有情绪的，当它快乐流动、飘逸飞舞的时候，我可以看到它在快速地与同伴追逐嬉戏，或者追随一阵风的来去，欢快的笑声自天际传来，洁白的轻纱在高高的天空翩翩起舞。

云有时会把自己悄悄隐藏起来，默默地与天空不分彼此、融为一体，留下水墨画一样的混沌一片、迷蒙一片、灰暗一片、忧郁一片，或者洒下串串雨珠、串串雨滴，或者雨丝千条、雨幕万道。云告诉我，那是它的思念、它的期待、它的悲伤、它的眼泪……

而夜晚河畔那一轮皓月身边徘徊的云，若隐还现、若即若离，欲言又止、欲说还休，也许是那皓月的皎洁让云害了羞，想追随左右又不敢露面，只好托清风与柳丝快递一片暗暗的相思……

此生，让你我就做那片云，那一片浓淡相宜、色彩相宜、多思多彩的云，或许绚丽，或许平淡，轻盈飘逸，洒脱自在，留住美好，空间无限！欣赏天空宽广的胸怀，留住惺惺相惜的感动，让明天多一些企盼与温暖……

湖畔少女心

雨后的秋日，微风不燥，阳光也收敛了夏日的炙热，有了几分含蓄内敛和稳重。上午出个近差送个材料，回来途经轩辕湖公园，看见浓荫深处有红桥木栏和蜿蜒步道，甚为养眼，如此和谐美妙的初秋湖畔景色，不觉已有了几分神往。我看时间还早，不由得逐级而下，走到大桥下面，清风徐来，水波不兴，周身舒爽，凭栏四望，只见水面生长着浓密的芦苇，明明无风无浪，水面却起了一圈圈涟漪。正诧异时，从芦苇丛中游出两只水鸭，闲适优雅。突然想孩子气地逗它们一下，就轻轻叫了一声，水鸭闻声飞快地游走了。

待我回到桥上，再俯瞰湖面，发现浓密的芦苇丛轻轻地摆动着，原来胆小的它们又回到了芦苇荡玩耍，看来我一时兴起的调皮惊扰了小动物的安静，不禁莞尔一笑！

刚才那一幕，让我蓦然想起女词人李清照少女时代的趣

事追忆——《如梦令·常记溪亭日暮》:

> 常记溪亭日暮，沉醉不知归路。
>
> 兴尽晚回舟，误入藕花深处。
>
> 争渡，争渡，惊起一滩鸥鹭。

少女酒后醺醺然之际，独自划着小船到溪边亭子里玩耍，兴之所至、沉醉尽兴、流连忘返，忘情之余不想回舟，竟忘了时间的流逝，天色已晚才想起要快快划船回去，却不知不觉误入藕花深处，一连两个“争渡”表达了少女迷途，急于寻找出路的心情，正是由于争渡忙乱之中又“惊起一滩鸥鹭”，把停留在洲渚上的水鸟都吓飞了！至此，词戛然而止，意犹未尽，耐人寻味。展开想象似乎看见：盛放的荷花丛中正有一叶扁舟摇荡，舟上是游兴未尽的少女。这样的美景，一下子跃然纸上，呼之欲出。那个娇憨慌乱、孩子气的画面别有一番趣味！

少女情怀如诗、如歌、如梦、如雨后清晨，无论古今，大致相似！青春年少的好心情，让人不由得想随她一道荷丛荡舟，沉醉不归，正所谓:“少年情怀自是得！”而今遇见秋日好时光，怎知世界不温柔？一样的花草树木，一样的大自然，更换了季节便更换了别样的色彩。

不负时光不负秋，俯首间即是繁华与美妙。别样意趣的人生，风景应是无处不在。我想，只要你还保有一颗不失年轻纯真的童心，只要你还拥有看风景的心情，只要你肯借这片刻的闲暇，就能放慢来去匆匆的脚步，舒缓被俗世缠绕的身心，或俯瞰秋草黄，或仰望落叶飘，趣味便俯拾皆是。

河畔即景

周末的下午，不知是夏日未尽的热，还是在电脑旁的久坐，也许是因为和朋友无意间的失约，我有点莫名的心塞、郁闷，便想出门到无人的河边坐坐，让心找到一些舒缓与安宁。

趁着休息日，我习惯性地奔向郑风苑对面的河边公园。一段时间不见，河畔已经柳树成荫、芳草萋萋，经过治理的河水清澈了许多，睡莲碧绿、白鹭翩翩，吸引了一些人来消夏避暑。河畔的柳树下，一字排开的水泥墩上，坐着一个老妇人，她怀里抱着的宝宝正在酣睡。不远处，一个男人拍着双手数着节奏、模仿着二胡的伴奏指导着几个戏迷在唱着豫剧段子，一板一眼，特别认真。

通向河心亭子的草地上停了几辆车，亭子里已有人捷足先登了，河边水泥矮墩上坐着的大人和孩子正在举着细长的鱼竿钓鱼。

我躲到人群外，找了一处僻静的树荫，在一个干净的水泥墩上坐下来，打开喜欢的《半山听雨》，想借雨的凉爽拂去夏的燥热。偏偏知了却在声嘶力竭地叫着，老天爷呀，都立秋了你咋还热！左耳边才消停，右耳边又继续着同样的呐喊，知了何时竟变得如此啰里啰唆？难道知了是在笑我此时的落寞么？在不停的一唱一和中，眼前柳树上一群黑色的蚂蚁吸引了我，它们不停地爬着，不知道这些小生灵究竟在忙着什么，看着它们忙碌地上上下下，脑海中忽然涌上一句："路漫漫其修远兮，吾将上下而求索。"不禁莞尔一笑：在大自然面前，如此渺小、平凡的小蚂蚁也有自己的使命么？也有自己的理想和追求么？蚂蚁是否也有自己的烦恼？是否也和人类一样，在和平时期为了生计而四处奔波，进行着各种劳动，在烈日和风雨中奔走；在特殊时期与灾害搏斗，为了使命而坚持？这些蚂蚁像许许多多默默无闻的平凡人一样，做着平凡的小事，做着各自的贡献，奉献着自己的一生，为了家庭幸福、社会的繁荣与和谐默默地添砖加瓦。没有人给他们颁发荣誉勋章，他们却依然初心不改。

远处，几位老伯伯、老阿姨在聊天，老伯伯们聊着光荣辉煌的"那些年"，聊着激情燃烧的岁月，聊着历经沧桑的大半生，说到兴奋处便站起来手舞足蹈，仿佛又回到了往日时光；老阿姨们聊着家长里短、儿女孙辈、鸡毛蒜皮，透着浓浓的生活气息，弥漫着历久弥暖的烟火味道。喜欢倾听这些聊天，让心不知不觉回归平静、安宁、理性、踏实，深深感受到生活如流水一般平静、真实与温馨的本质。

这个夏季注定太不平静，大雨、洪水……接踵而至。这个夏季遭遇了太多的重创，有人因为痛失亲人而悲伤，有人因为失去家园而哭泣，有人因为失去饭碗而惶惶不安。在大自然的威力面前，人的存在是渺小的，生命是脆弱而不堪一击的，个人的情绪更是微不足道的。生活的重重考验无情鞭挞着这个时代的人们，磨砺着人性，叩问着灵魂，考验着社会。相信众志成城的救赎中，灾难终将过去，生活仍会继续，铭记这个不平凡的夏季，常怀感恩，放下贪念，珍惜、释怀。

河畔冬日

今日天气晴好，蓝天白云，一扫几天以来持续的灰蒙蒙的雾霾，是难得的好天气！我要带上狗儿出去走一走，不可辜负老天的一番厚爱。

出家门向东直行，远远看到了公园南面的河流和亭子。信步下坡，风将直达河畔的水泥小路吹得干干净净，小路一边是高高的土城墙，长着不知哪年生出的树，一边是河畔亭亭的金柳，柳枝已泛起金黄，随风翩翩起舞，叶片纷纷簌簌飘落。细长金黄的柳枝款款摆动着，衬托着高高的蓝天白云。路边以及河畔的草地金黄和绿色交融，仰望苍劲的槐树，枝头还挂着无人采摘的秋果，构成冬日难得一见的景致。脑海无端浮现出“长亭外，古道边，芳草碧连天。晚风拂柳笛声残，夕阳山外山”这样悠远的画面。

忆起今年春，常来这里闲坐半天，那是万物复苏的初春，芳草新绿，柳枝初绽嫩芽，风和阳光都是暖洋洋、明媚动人的，河水缓缓流淌，一切都在萌芽生长，生机盎然，充满希望。

转眼又是一年，时光真的太匆匆！坡下就是小桥，脑海里似乎还回荡着新年的旋律，新的一年已经在眼前了！时间就像这风，推着我不停地向前走，我听见它的声音回头，却寻不到它的芳踪。

冬日的河水是深色的，在风的推动下起了一层波澜，荡漾起细细的褶皱，不断地流动向前。立在小桥上，风迎面吹来，清冽、强劲，闭上眼感觉风的声音，从左耳吹到右耳，吹起我的头发，掠过我的指尖。

这里非常安静，远离大桥，听不到车马和人的喧嚣，只有呼呼的风、鸟的鸣叫、流水的声音，以及风吹起的水波拍着桥墩的啵啵声，偶尔也会有野鸭的嘎嘎声。阳光照射的河面，像一件撒上了千万颗珍珠和钻石的华丽外衣，璀璨夺目，光芒令人不能直视。背阴处的河面又是另一件深色的华美礼服，泛着绸缎般的优雅光泽。桥的尽头是个不大的亭子，穹顶有彩绘的莲花、神话人物，有长凳可以坐。倚栏而坐，闭上眼迎着灿灿的冬日暖阳，有几分初春的气息，眼前一片金灿灿、明亮亮的光芒。

风从四面八方吹来，我的脑海中浮现出“岁月安稳、阳光静好”的画面，这份静来自这河流、这风、这亭台，这份远离市井喧闹的趣味，这份好来自心灵的安然静谧、与世无争、不悲不喜、无欲无求。

这一刻闲情如我，哪怕是偷得浮生半日闲，也要落得如此清静，且让我称它“乐风亭”。闲来，暂且放下身心的疲惫与忙碌，听风、听流水，听鸟鸣啾啾、野鸭嘎嘎，听内心的声音，更听拍岸的涛声。虽然没有惊涛拍岸，波澜壮阔，但是可以远离市井喧嚣，暂时放下纷纷扰扰。倚栏而坐，感受片刻眼前的安静与自在，不也是一件乐事？多年前曾经听朋友忆起儿时家住黄河边，夜晚总是枕着黄河的涛声入梦，今日这样的时刻不妨听着风和流水声，独自诗意地做一回枕着涛声入梦的梦。

蓦然一阵叮叮当当的声音惊醒了我的梦，狗儿正在不停地摇着铃铛提醒我，傻傻的狗儿，你怎么会懂我？你大概感到了流水和波浪的恐慌，提醒我快快离开这里，到开阔的草地上、大树边去奔跑，我不禁莞尔一笑，牵着狗儿走下桥去，也走出我的梦。

湖畔寻梅

冬日的午后，好友说，湖畔的梅花开了，去轩辕湖畔看看如何？我心下正有此意，一拍即合，于是二人欣欣然踏上轩辕湖畔步道，阳光下绕湖畔款款走着。身旁湖水清澈、碧波微漾，湖畔树叶稀疏有致、红黄相间，大地芳草尽黄，没有了枝繁叶茂的遮挡，更显视野开阔，心境旷达悠远。这是我喜欢的冬季景象，倒也别有一番韵致。

此刻微风温柔拂面，阳光如此妩媚，湖水映在拱桥下的壁上，一片片波光潋滟。凭栏远眺，胸襟开阔，不觉暗自愉悦，自然地想起徐志摩的几句诗来：

轻轻的我走了，正如我轻轻的来；我轻轻的招手，作别西天的云彩。

那河畔的金柳，是夕阳中的新娘；波光里的艳影，在我的心头荡漾……

在蜿蜒的河边步道上信步游走，不知不觉走进公园深处，忽听好友一声惊呼：“呀……梅花！”循声望去，只见一片草地中央生长着五六株花树，干枯的枝干，泛黄的叶片，枝头点点绽放的可不就是蜡梅花？走近，阳光下的一朵朵鹅黄的花瓣玲珑剔透、含羞带娇；枝干上的点点花蕾却“最是那一低头的温柔，像一朵水莲花不胜凉风的娇羞”，暗香盈袖，不禁心生欢喜！同时也生成几许怜惜。在万木萧条的冬季，雪花纷飞的时节，群芳已谢，蜡梅花姗姗来迟，干枯的叶片和枝干却蕴藏了强大的生命力，孕育了如此美丽别致的花朵，散发出不为人知的阵阵幽香。它的悲哀在于不能像盛开在春天里的艳丽的玫瑰、桃花、玉兰、紫荆那样以鲜艳的姿色来博人眼球，以馥郁的芬芳引行人驻足，享受众星捧月般的无限繁华。而且轩辕湖远离市区，人迹稀少，开得未免有些寂寞、凄清，有些孤芳自赏的意味。然而，这丝毫没有影响它一年一度美丽的绽放，此刻只有懂得之人才会停下脚步，走近它、欣赏它的玲珑雅致，品味它的怡人芬芳，甚至俯身向前一亲芳泽。

好友和我在不期而遇的蜡梅花丛中惊喜、赞叹、欣赏、沉醉，兴之所至，我们情不自禁拿起手机拍下彼此赏花的开心一刻，也用诗句记录下此刻的美好心情。

好友写下《冬日寻芳》：“冬日寻芳轩辕湖，暗香萦绕绊游足。蜡梅花开玲珑透，近看晶莹远却无。”

受到好友情绪的感染，我写下了《重逢》：“你是我久别重逢的欢喜，是梦里千百次的回眸。最是那一低头的温柔，如水莲花一样不胜凉风的娇羞。那情不自禁地靠近，是否记起前世的相守？那一亲芳泽的深情，许是为了今生的等候。”

那么，做一株路边静静开放的蜡梅，又有何妨？始于万物萧瑟、芳菲尽散的冬，谢幕于百花盛开的春。不争宠于姹紫嫣红的春天，不做众香国里的锦上添花，看尽繁华，历经清苦和寂寞，于最后一季悄然登场，傲立冰雪国度，绽放心香瓣瓣，只为静候一场漫长的久别重逢，给萧索的大地一抹亮色，愈寒冷，愈怒放！愈萧瑟，愈美丽！

雪日私语

又是一个灰蒙蒙的冬日，整个上午，我的心情似乎受到天气的感染，郁郁的、闷闷的。

像是一个不经意的玩笑，中午时分，满天的乌云忽然飘散了，露出了久违的太阳的笑脸。

在阳光的照射下，天空飘起了雪，一丝丝、一片片、一点点，如烟、如雾，如天国里来的小精灵，穿一袭洁白的纱裙，翩翩起舞，扑扇着轻盈的翅膀，轻轻地、悄悄地撒向大地，漫天飞舞着一曲古典华尔兹。

哦，飞雪，你是以你的纯洁、你的情绪感染着这世界的吗？瞧，我的头发、眉毛、面庞都被你染出一片洁白，人间的草木、街道也都抹去了它们沉沉的暮气，在你的裙裾、长袖舞动下，焕发出别样的清新。祈祷这世间万物因你的降临、你的圣洁而清洁，因你的晶莹而纯情。

走在路上，轻移脚步，怕我的匆促打破了你的梦境，不忍用呼喊来表达我的欢欣；怕我重重的呼吸、我的莽撞惊扰了你的安宁、你的纯情，只是伸出手轻轻托住你，抚你那凉凉的感觉。想也许是你那清纯的冰心，那柔柔的感觉，是你轻盈的足韵，伴我走进你的世界，点缀我的世界，感染我的生命，阐释着我的爱情。

雨中听雨

雨是我的思念，雨是我的缠绵，雨是我的流连。喜欢在夜晚听雨，尤其是和爱雨的人一起听雨……

读 你

与你结缘，是在1993年那个飘雪的冬天。

初识第一面，你犹如迎面而来的清晨微风，以独特的细腻、雅致、睿智、博学、旷达占据了我年轻的心！每一次捧你在手，闻之墨香淡淡如春风拂面，品之情思甜甜如挚友会面，予我以莫大的心灵享受！一句话蓦然涌上心头："春风十里，因为有你，清越弦歌，为你痴弹！"

在你面前，我像一个蹒跚学步的孩子，聆听你的娓娓道来，欣赏你的才华横溢，感受你的热情洋溢，追随你的青春步伐！感恩遇见，感谢一路有你，因你而有缘结识优秀的老师和一路同行、志趣相投的朋友，还有你慷慨给予我的一个长袖善舞的空间。

依然记得，初次试笔时，你就给了我一个小小的角落，给我信心，让我安心，你的课堂从此有了属于我的第一套书桌和椅子，让我有幸聆听你的教诲，给我力量；依然感谢你的坦诚无私，指引我重拾自己、审视自己，促使我磨砺自己、升华自己。

依然记得，你鼓励我在理想的大海上不惧磨难、昂扬前行，乘着理想的翅膀笑傲江湖，乘风破浪、扬帆远航。

一只羽翼未满的小鸟开始大胆歌唱，构筑瑰丽的梦想，步入神圣的殿堂。且让我的灵魂与你相伴，让我的悲喜流过笔端，滋润干涸的心田，如沐春风，历久不厌，初心未改，佳作翩翩。

与你相伴，时光不再寂寞，不再孤单，该怎样感谢你的陪伴，该怎样抒发我的眷恋？如果没有你，我依然在黑夜里茫然地徘徊、艰辛地跋涉、在海水中浮沉，看不到灯塔的光芒，看不到未来的海岸……

所幸，终于遇到你，无论早晚，遇见就是此生的缘。感谢幸运之神的指引，感恩生活的垂爱眷顾，感慨青山未老、绿水长流，感动依然执着的滚烫赤诚的初心和挚爱。

愿时光慢些老，与你长相伴……

“读你千遍也不厌倦，读你的感觉像春天……”

伴 侣

4 月的一天，我与春风约伴，随好友同行，不慌不忙背上行囊到西山中行走。

迎春花已开过，桃花、杏花谢了，石径上星星点点落下粉白花瓣，毛茸茸的青果如娇嫩的婴儿般幸福地偎依在树妈妈的怀抱，如我一样投身于大山与春天的怀抱，尽情享受着春光的美好。告别寒冷的冬天，大山开始新的轮回，爬山的人们换上艳丽的春装，迎着明媚的春光一路欢歌笑语，想把全身心尽情融入大山的怀抱，想让青春的活力恣意渲染大山的壮美。

白居易诗云：“人间四月芳菲尽，山寺桃花始盛开。”当年的风光和今天的景色竟然如此相似。寺庙附近的桃花正开，一片妖娆妩媚。

我们的视线不经意间在一处土崖壁上惊讶地捕捉到一大片含苞待放的迎春花，许多未开的花蕾藏于嫩绿的枝叶间，妩媚的鹅黄给季节增添了一抹惊艳，一片生机勃勃。我不知它们已经在这里生长了多久，只是由衷地赞叹它们的顽强、神奇，猜想它们寂寞中迟开的理由。在别处已经是初夏光景，这里的春姑娘却姗姗来迟，迎春花给人迹罕至的角落增添了几分春意和生机，其中有两朵偎依在一起的花，开得那么娇媚、恣意、从容而又自在，在春光烂漫中更显得引人注目、妩媚动人。

两朵花，多像两个相遇迟迟的伴侣！两朵花，多像两个曾经孤寂的灵魂，在静寂的岁月中慢慢地等候。一朵花蕾痴痴等候着春风一度的时刻与君相遇，我来到这个世界上，是为了等你。君不来，任凭思念成风、红尘落寞，哪怕一生寂静，只为等你花开。两朵花的遇见，是否要历经终其一生的等待？

即使是长在无人经过的角落又何妨？寂寞相随、花开迟迟又何妨？只要有梦想，就有希望。只要有一天，与君相遇。刹那间眼神的交会便已读懂彼此曾经的等候，便已确认曾经擦肩而过的灵魂伴侣，谁能说这样的遇见不是久别重逢？与君重逢，相依相伴，青山绿水，共享流年。愿此后余生时光悠悠、岁月静好，与春风为伴，与春光为侣，笑看春花秋月，倾听夏雨冬雪。

不期而遇

初夏早晨，风从窗外吹来，这个老友昨晚就已悄悄来拜访流年了，仿佛是想看她是否安睡……

长久以来就喜欢这样的风，除了冬天，一年三季的和风、熏风、西风，还有风中的柳丝、芦苇、清波，都让流年迷恋沉醉，更喜欢在有风吹过的夜晚独坐无眠，听风弹琴，写一点文字给自己；喜欢在有风的清晨坐在附近的小园子里吹风、发呆，久久沉浸于昨夜长梦，以及常出现在梦里的那个人，看不清飘忽的面容，却觉得莫名的熟悉和亲切，仿佛多年之前就已认识，但就是想不起来是谁……

狗狗在门口已经迫不及待地摇起铃铛，这孩子，比闹钟还准时！来不及仔细梳洗，流年梳一下散乱的长发，擦把脸，裹了件长风衣外套，牵了狗子匆匆下楼，走进无边的风里，迎面吹来的风好爽！不禁抬头张开臂膀，与风来一个热情的拥抱。仿佛一夜之间，石榴树火红一片，高大的栾树开满了雅致的小黄花，在风热情的爱抚中，可爱的小精灵簌簌落下，轻盈地落在发梢和肩头，不闻芳香，却有一种类似麦子成熟的烘热气息。

今天是周末，不需匆忙赶早班公交，何不放慢心情，去附近的公园走走，感受一下初夏。好久不见，不知那片月季如何，荷花是否已开？

公园里有早起的人在健步、舞蹈，月季正浓，红粉一片，木桥下荷叶田田，睡莲含露。听风，看流水，读写在造型各异的石头上的郑风诗韵，看河畔青青的芦苇，不禁脱口而出：蒹葭苍苍，白露为霜，有位伊人，在水一方……心情有些愉悦，初夏的清晨，真好！

迎面走来一个男人，高高瘦瘦，清秀的眼睛，淡淡的眼神，似曾相识。两人擦肩而过，似乎在一瞬间想起什么，同时回头，几乎又同时脱口而出："咦，是您，老师……""哦，是你啊……"

男人一双清秀的眼睛仿佛在记忆中搜寻着什么，然后微笑道："是你啊，小姑娘！好久不见！"

是啊，有多久了呢？流年大概想了一想，当年的小姑娘自从一别恩师走出校园和文学社，悄然已有30年的时光了！

聚散匆匆

“这是你的狗狗吗？有爱心，挺悠闲！常来公园吗？”

“嗯，常来，孩子上大学了，闲了……您还在学校吗？”

“已经退下来了，不过还是做些文字工作，写书，就是换了种方式！挺好的！”

“老师常来这里吗？晨练还是赏景？还带了相机哦……”

“都有吧，这里环境不错，离家近，常来！还会拍一些风景……”

“哦？是吗，好雅致！”

“以前挺忙，顾不上，现在闲下来了，欣赏一下身边的风景，感受一下大自然，心情挺好的！”

“嗯嗯，同感，看来老师很有诗情画意。”

“哪里哦，人要快乐，心态很重要！你怎么样，很久不见，现在还写作吗？记得你文笔挺好的，没有放弃吧？”

“没有啊，一直在写，不过多年没有老师的指导，笔都钝了，比较零散不成样子，可能写得不能看了……”

“怎么会呢？老师一直看好你，看准一个方向，坚持才会成功，还要快马加鞭！如果有兴趣，作品可以先发给我看看！”

“谢谢老师！这样，我加您微信，或者QQ，我的文字都存在QQ日志，也可以发给您，您不忙的时候看看……”

“哎呀，我出门急，忘了拿手机。”

“这么不巧？好吧，下次别忘了带手机哦！我还有点事，先走了，希望明天见！”

“嗯，明天见！”

偶遇别过。半年后的深秋，公园里，河流依旧，木桥、栏杆依旧，小路依旧，只是河水没有了初夏的碧波荡漾。荷塘有些萧条，荷叶褪去了鲜嫩的碧绿，光泽显得黯淡，干枯的莲蓬在风中摇曳，回忆着夏日曾经的妩媚；芦苇开始泛黄，柳枝泛黄、树叶凋零，一切悄悄换了模样。扑面而来的风好冷！流年不禁打了个寒战，下意识竖起领子，裹紧了长大衣，独自走在公园的路上。

老师的一席鼓励，燃起流年尘封经年的梦想，再次提笔写起曾经的悲喜，写当下的心情，留下点滴美好和感动。然而自从上次偶遇后，没有再遇见老师，快半年了依然未见，记不得这是第几次落空的等待了！有点后悔为何当时没有问问老师的地址和电话？是忘了约定还是有什么事发生？或者举家搬迁去了外地？一连串的问号如一阵阵的凉风萦绕心头、挥之不去，或者，那天的偶遇只是一个梦，梦想的翅膀，怕是又要折断了……

流年不禁闭上眼睛重重甩了下头发，叹了口气，似乎要把怅惘甩给这恼人的、令人无可奈何的秋风！

又见老师

再次踏上吱呀作响的木桥，情不自禁想看看那片被风吹起波浪的流水，还有在风中飘逸的、雅致的芦苇。不经意地远望，却蓦地看到一个人正站在木桥栏杆边举着相机专注地拍照，那高高瘦瘦的侧影，是老师！只是比起上次偶遇时，他消瘦了许多，苍白的脸，一件深色毛呢大衣松松地罩住单薄的身体，真像一枝风中的芦苇！

看老师认真地选景、调焦，流年不忍心打扰他，努力按捺住狂跳的心，悄悄走过去，在离他不远处静静地靠着栏杆，看他拍一枝芦苇。芦苇在风中摇曳，他的眼睛睁得很大，时而皱眉，时而屏住呼吸，努力捕捉最美的一刹那。那双眼睛依然清秀，眼神依然明亮！之后俯身拍风吹起的波浪、冬季的荷塘以及河畔风中飘舞的柳条……等拍完把相机装回袋子，流年便在他身后轻轻说了一句："老师，好久不见！"

他蓦然回首：

“哎呀，怎么是你啊？”

“是啊，刚刚您在拍照，就没打扰。老师喜欢芦苇？”

“是啊，挺喜欢，喜欢这秋天，这风！风中的芦苇姿态不错，特别飘逸！”

“老师很雅致，也喜欢风，风中的芦苇……”

“是啊，你怎么会知道我的爱好？”

“这个啊，我是瞎猜的。”

“呵呵，聪明的姑娘哦，怎么，你也喜欢出来吹吹风？”

“嗯，很惬意，很喜欢！很多年了！不过，许久没见老师，您怎么……出远门了吗？”

“这个啊，说来话长！半年前，身体出了点毛病，做了个手术，不过恢复得还不错！好久没出门了，这才刚刚开始恢复每天的晨练，顺便拍些风景。重获新生，发觉活着真好！可以欣赏大自然美景，感受世界的美好！对了，你现在还在写作吗？写得怎么样啊？咱们可是有约定的，你要快马加鞭哦。”

“嗯，这些年写的已经积累了一些，想把它们整理成一个集子，发给老师帮忙看看，但上次老师走得急，我也没带手机，也没问老师您的电话……”

“咳，真是，我也没想到会这么久……是挺遗憾的！”

那天，那片深秋的风，定格在了流年的记忆中，重逢之后一切都似乎换了模样，几近磨灭的梦想开始重燃，因为老师再次的鼓励、鞭策，流年的日记，开始一天天不断地更新，梦想与现实，愈来愈近了。

流年如风，时光悄悄，度过一个个敲字的夜晚，迎来一个个崭新的黎明！转眼，冬去春又来，某一个起风的早晨，流年蓦然醒来，再次想起昨夜的梦，梦中人依旧亲切熟悉，不同的是一声声关切叮咛犹在耳畔，拂去迷雾，渐渐清晰，蓦然之间如醍醐灌顶，流年终于释然、终于坦然，微笑，心安！

是的，平凡之路，坚持初心，与青春做伴；逐梦之路，凤凰涅槃，如快马加鞭……

在水一方

清晨醒来，从床头沙发拿衣服，衣角不经意间划过我的琴弦，一串音符轻轻拂过心弦，如一串轻轻碰撞的风铃。好一缕清晨的微风，好熟悉的旋律，如昨夜的梦一直在回荡……

梦中，我又来到那条宽阔的河，清风徐徐、流水汤汤，芦苇丛丛、碧波荡漾，我在初夏五月的阳光下行走，在高高的河岸上眺望，在郑风郑韵中沉醉，在《诗经》里的芦苇荡深处徜徉。

梦中，一枝灵魂有趣的芦苇说，溱水和洧水五千年前在此牵手交汇而成双洎河。风问我：一条有故事的河流你可曾听过？从前我并不曾听过，从未来过，然而第一眼的感觉怎会似曾相识？第一眼就爱上的芦苇，拂去了岁月伤痕的清风，那抚慰了灵魂疲惫的碧波，那萋萋芳草、寂寞沙洲、悦耳鸟鸣，一首老情歌不禁脱口而唱："绿草苍苍，白雾茫茫，有位佳人，在水一方……”

在水一方，一支竹笛乘一叶扁舟翩翩而来，笛声婉转悠扬，将我唤回2700年前那个处处洋溢着淳朴民风与浪漫气息的遥远年代，人们在弥漫着郑风诗韵的溱洧河畔流连，踏青、赏荷、听风、听雨、荡舟，穿过遥远的时光，听到青年男女多情的吟诵，透过情意绵绵的诗句想象着古代人的爱情画面，表达方式与现代人又是如此相似：

现代人说：“想念你的笑，想念你的外套，想念你的怀抱和味道。”

而那时的人说：“青青子衿，悠悠我心。”

现代人说：“我要拉着你的手，和你一起慢慢变老，像我这样为爱痴狂，世上能有几人同？”

而他们说：“死生契阔，与子成说。执子之手，与子偕老。”

现代人说：“温婉娴静、倾城倾国的女孩，等你等到我心痛。”

而他们说：“静女其姝，俟我于城隅。爱而不见，搔首踟蹰。”

还有：“一日不见，如三秋兮；巧笑倩兮，美目盼兮……”

在水一方，溱洧河水如水中伊人的情思在流淌，带着淡淡的愁绪，它生生不息，来自远古，奔向未来。沐浴溱洧河畔的郑风，弹唱着具茨山巅的诗韵，清澈的河水滋润着大地，灌溉着良田，养育着两岸的人民。这条母亲的河流啊！

亲历过沧海桑田，寄托着母亲对儿女的爱与殷切期望。

在水一方，诗经中走来的萧郎唱着：“蒹葭苍苍，白露为霜。所谓伊人，在水一方。”唱着：“关关雎鸠，在河之洲。窈窕淑女，君子好逑。”

划一叶轻舟逆流而上，寻觅着心中的女郎，我的琴弦一路跟随歌唱，拂去岁月的忧伤，拂去曾经的迷惘，愿做一枝丁香，在郑国的诗行里绽放馨香，将远方的行囊装满多情的吟唱；在一阵清晨的微风中聆听风的交响，在一场黄昏的细雨里聆听雨的歌唱，在洧水河畔的月色下漫步，在溱水之滨的波光里荡漾……

在河之洲

梦中，我走近一条河，在《诗经》里的芦苇荡深处徜徉，在郑风郑韵中沉醉。一阵清越婉转的琴声乘一叶扁舟飘来，衣袂飘飘的白衣少年郎抚琴吟唱：蒹葭苍苍，白露为霜。所谓伊人，在水一方……

琴歌少年郎在流淌着诗歌的溱洧河畔苦苦追寻自己的爱情，追寻自己的伊人：河边芦苇青苍苍，秋深露水结成霜，意中人在何处？就在河水那一方。无论逆水行舟还是顺流而下去找她，爱人依然在水中洲上，如雾里看花，若隐若现，朦胧缥缈。爱而不得，可遇不可求，那种惆怅、那种苦闷，满满的相思无处寄托，失落又彷徨。

梦中醒来，少年郎的琴歌还在耳边回荡，谁是他的伊人，伊人身在何方？他是在苦苦追寻自己的意中人，抑或在苦苦追寻他的理想、学业、功名，或者人生的某种境界？我翻遍《诗经》，猜想种种，答案却不得而知。

如梦人生，似水流年，我的“伊人”在哪里？我的梦在何方？从少年到现在，从20世纪80年代到2021年，我一直追寻、不停求索！记得中学时喜欢文学，郑韩文学社与胡老师使我萌生了最初的文字梦；中专三年，日记亲历了我的青春、梦想、热情。

20世纪90年代，新郑报社创立，多梦时节的我常带着拙作兴冲冲去文学副刊部投稿，幸遇报社副刊编辑指导鼓励，使我的稚嫩文字开始见诸报端，现在想起，仍是记忆犹新，倍感温暖！

然而不知从何时开始，或许是庸碌的日常折断了追梦的翅膀，掳去了寻梦的遐想，淹没了兴致，或许因欲望的诱惑迷失了梦的方向……

我渐渐淡漠、搁笔，偶有感悟也是匆匆、寥寥几语，没有构思，不成篇幅，写下的多是伤感、寂寞、迷茫、怅惘……不知被遗落在岁月的哪个角落。而QQ、微信的出现，馈赠我梦想之笔，从此梦想照进现实，梦想一触即发。记录生活点滴，写下悲喜人生，传递冷暖情怀，点燃生命希望。

每每完成日记与老友分享，自认不失为一种乐趣和寄托。因为梦想，依然热爱，因为热爱，奇迹也会出现，偶然的机会，又和先生在轩辕湖诗会不期而遇。先生以文学叙述历史，寻访诗人白居易足迹，讲述诗人白居易，将对文学的挚爱与乡愁融入优美的诗词散文作品，成就斐然，著书若干，虽然清贫却洒脱豪迈，情怀境界不输当年，更可贵的是依然不吝赞美、慷慨指点文字，深感激励、深受感动！

三十年时光飞逝，我的文字梦曾被时光淡忘，但不曾磨灭。追梦之旅再度启航，宛如沧海拾珠，“溯洄从之，道阻且长。溯游从之，宛在水中央”；纵然“昨夜西风凋碧树。独上高楼，望尽天涯路”，纵然“衣带渐宽终不悔，为伊消得人憔悴”，纵然“众里寻他千百度”，却愿“蓦然回首，那人却在、灯火阑珊处”；虽然“伊人”虐我千百遍，我却依然待她如初恋，情有独钟、无怨无悔、真诚向往且执着追求。

那夜的雨

初夏五月的一天，异常热。朋友说，像是下了火！

傍晚去公园走走，我有点莫名的气短，如同这盛夏的闷热！看天上有乌云，便匆忙回了家。

正吃饭时，突然起了风，风呼呼地吹着窗户，好友发来消息：反正家里闷热得不行，要不出去走走？我欣然应允，收拾完碗筷餐桌，换了衣服，几分钟之后下楼准备出门，却骤然发现风大了起来，雨也滴滴答答地下起来了，天上好像也划过几道闪电，于是我立即给好友发消息说：风大、雨大、又闪电，户外危险，不要出去了。连发两条，迟迟未见回复，难道好友已经奔去了约定的地方？不一会儿工夫，风雨大作，夹杂着令人心惊的闪电，我匆忙关紧了门窗。

忐忑不安之际，“叮”的一声，好友发来信息：我在路口店里，风雨正大……

我拿了两把伞匆匆出去，此时雨点大了，狂风把伞蹂躏得变了形，还强势地拽着我的手臂，似乎要抢走我手里的伞；闪电就在头顶狰狞狂笑，顷刻间雨水打湿了衣服和鞋子。我顶着风、踩着满地的水，终于赶到了街角的店里，只见好友在吧台一角独自坐着，衣服湿了大半，鞋子也湿了，地上一片水迹，不禁嗔怪：

“你呀，看见天气突变直接跑回家啊！完了给我发个信息就成了，怎么把自己弄得这样狼狈啊？别感冒了呀，真傻……”

“和你约好了时间在这儿见面，我担心你来早了等着，所以就急着赶来了，谁知快到路口就赶上狂风暴雨了……”

“哎，你这个人，真是……”

“看你呀，不是也都淋湿了啊！我就是给你说一下，怎么又冒雨跑过来……”

隔窗望去，大雨滂沱，狂风劲舞，树叶纷纷落在泥水里，几乎不见行人，车辆匆匆驶过，扬起一片水花，偶有赶路的骑车人小心翼翼地经过，风雨中的路灯显得分外孤独，洒下寂寞的光……

凉风拂面款款低语，夜雨敲窗絮絮而谈，窗外雨珠嘈嘈切切，细语如珠润物无声。静候风住、雨歇，静候那一方雨后的清新凉爽，沁人心脾……

雨中听雨

晚上跳舞回来，天空依然飘着淅淅沥沥的小雨，好友发消息问我是否出去走走，带着对久违小雨的想念，还有几分听雨的急切心情，我们约定路口见面。如约而至的二人相视一笑，相伴走向大桥，一路没有说什么，毕竟彼此已经相知好久。

雨中的空气微凉，因为风的相伴，雨滴渐渐变成斜斜的若有若无的雨丝，在灯光下闪着柔润的光芒。雨滴不大，我们索性收了伞，却也不经意间湿了肩头，湿了发梢。此刻的雨像一个含蓄雅致而又温润如玉的朋友，话语不多，却懂得彼此、知心知意。这雨又像一个调皮可爱的少女，在我的脸颊上洒下一两颗小小的雨珠，又若无其事地跑开，让我寻不到她的身影，只觉得脸上蓦然一凉，打个寒噤，却也无可奈何、莞尔一笑！

因为雨的到来，桥上几乎无人驻足，路边的石栏被雨水洗涤得更加干净，在橘黄的灯下闪着光亮，桥下平常不甘寂寞的鸟和青蛙竟也如此安静，除了汽车驶过的唰唰声，天地之间只剩下雨的滴答声留在耳畔，以及那首最爱的《半山听雨》在飘荡。走在雨里，忽然想起好友曾写下的一段话："雨丝是我的思念，雨丝是我的缠绵，雨丝是我的流连……雨声滴答，雨丝缠绵，如此喜欢在夜晚听雨，尤其是和爱雨的人一起听雨……"

仿佛感知到了我的思念，雨滴顷刻间就急切了几分，和着颇有些凉意的晚风，变成细细密密的雨丝斜斜地飘落下来。我忙撑起伞，在缠绵的雨丝中感受其赋予这个世界的清醇、温婉、雅致，感受雨赋予这个世界的温情与浪漫！

回家的路口，与朋友挥手互道再见。在目送好友离去的一瞬间，我的心中突然涌起一些感慨，眼角泛起热泪，这看似冷漠的世界因为有好友的盛情邀约和不离不弃的陪伴，纵然今夜风寒雨凉，却倍感温暖和安慰，于是情不自禁拿出手机，记录下此刻雨丝的缠绵、雨中的温暖！

一起去听雨

夏天，雨季。七月下雨后，我很久未到公园走走，转眼间夏天已接近尾声，今天甚是凉爽，又逢一场初秋的新雨，何不去看看老地方？经历了那么多，许久未见，溱洧清波是否清澈依旧？夏夜的蛙鸣蝉声是否依旧？不知是否有天意，我在路口又与朋友不期而遇，几乎异口同声问：“公园，去不?”欣然应邀，相视一笑，结伴奔公园而去。

因为微风细雨的丝丝问候，走在雨里，心中多了几分欣喜。红伞、蓝伞，朵朵伞花，也给雨中的漫步添了几分诗意。我们傍河而走，路上行人不多，绵密的雨丝湿了衣衫，湿了鞋子，柳树下垂钓的人在伞下支起长长的鱼竿，优哉游哉。

沙沙、沙沙，是雨丝温柔的声音，如徐志摩笔下在半空里轻盈飘洒的雪花，温文尔雅、翩翩而来，在我的红伞边垂下千条万线，也在蓝伞边洒下千丝万缕，继而变成从容的雨幕，诉说着久别的思念、重逢的欢喜。我们拿起手机拍雨丝、雨幕。

雨中的世界似乎比平时更安静，忽然听见一阵清脆的鸟鸣，这悦耳的声音是从哪里来的？正疑惑间，几颗雨点蓦然落于脸颊，好一片清凉，接着又有喳喳声传来，循声望去，原来在高高的柳树枝头，两只黑白相间、尾巴长长的喜鹊分别站在两个枝头振翅欲飞，它们的舞蹈不经意地摇动柳叶上的雨珠不断地洒落下来。不懂鸟语何意，也许它们是在互相致以秋天的问候，感受着久违的秋意，倾诉着久别的心情。我们已经走远了，仍听见两只鸟还在雨丝中唱着一曲缠绵的秋歌。

嗒嗒、嗒嗒……这是什么声音？像一阵急切的脚步，落在我薄薄的红伞上，瞬间绽开一朵朵圆圆的花，溅起极小的雨点。哦！是一阵噼里啪啦的急雨，取代了若有若无的雨丝和轻柔的雨滴，细碎的雨花变成道道雨流，落下来形成雨幕。天地一片朦胧，薄雾含烟；青青蒲苇在路边飘摇，粉紫秋英俏丽，绿叶渐渐泛黄；雨声叮咚不绝，浅浅的问候已经升级为热烈的表白。南郭西城、细雨微风，谁在伞下听琴声，谁在雨中看秋鸿？谁在说着辽远的海的相思，谁在吟唱着那寂寞的秋的清愁？

“清风里，芦苇惠桥头。洧河秋。云浮塔寺，笺书鹄雁，飞来满室尽乡愁。三盏醉，一心忧。依栏远望寥廓，谁盼谢郎舟？”遇见初秋的叶，南桥的雨，是谁在用一支玲珑细腻的笔描绘感性优雅的初秋？“倾听北苑三场雨，独品西窗一叶秋。”

相约一场老地方的雨，许久不见，是否别来无恙？我们也在回味老地方的雨，品味浓浓淡淡的初秋。

听，这又是什么声音？似乎从遥远的天际飘来，或者从翠绿的山谷传来……不，分明是从缥缈的梦中传来，是雨后湿润的风，是溱洧清波的静静流淌，是塔寺风铃若有若无的碰撞，轻盈、圆润又带着些许空灵，蓦然就想起来一句“行行无别语”，是谁曾写下“昔日山留梦，今朝雁寄诗。行行无别语，默默者归期”这样的诗句？倾听雨丝的问候、雨滴的叮咛，倾听急雨之后的雨声叮咚，感受风的秋凉、雨的微湿。此刻的南桥边，应该有一两朵伞花的相伴吧，河畔的蛙鼓是否殷勤依旧？那芦苇摇摆的水下一定藏了一个月色朦胧、妩媚多彩的梦……

一起听雨，沉醉于如约而至的万千秋意……

盛夏的思念

冗长的夏，阳光热情慷慨，火辣无边，好久没去湖边走走了！

我总是在午后沿着长长的走廊，走到尽头的落地窗边，眺望那片绿树掩映的湖水，那片浓荫，那湖碧绿，那抹清爽，吸引着我的目光，勾起许多关于湖水的多彩的记忆。

湖畔的秋，秋高气爽、云卷云舒，秋水共长天一色，感受酷暑过后秋风的凉爽与惬意，感恩大自然施与人类的仁慈厚爱。记起我在野鸭安家的芦苇深处偶尔顽皮的童心荡漾，忆起我的“湖畔少女心”，联想起“常记溪亭日暮”中相似的情景画面，那娇憨可爱的少女李清照形象；漫长的冬，和好友一起湖畔漫步，享受冬日暖阳，或者踏雪寻梅，和湖畔的蜡梅来一次不期而遇，欣赏玲珑剔透的花瓣、沁人心脾的暗香、含苞待放的娇羞。赞叹它枯槁的躯体中蕴含的强大力量，赞叹它不畏严寒、与世无争的淡泊品质。忍不住一亲芳泽，不禁想到那“一低头的温柔，像一朵水莲花不胜凉风的娇羞”。不远处有一群冬泳爱好者风雪无阻地坚持着运动，哪怕是伴着寒风、雪花、冰湖。初春时节，曾和好友一起看湖边依次绽放的迎春、连翘、杏花、玉兰、紫荆、碧桃花、桃花、樱花、紫薇、月季、蔷薇、海棠，春天的湖畔仿佛是一个芬芳馥郁、姹紫嫣红的国度，大自然的神奇画笔在这里恣意描绘着美丽画卷。人们在春天沉醉，在春光里畅想，将身心融入春天的气息。

曾记得三月的一天，湖畔的花儿已次第开放。一位远方的朋友坐车穿越一座城来看我，相约同游轩辕湖畔。那天突然刮起了刺骨的寒风，虽然春天已经来临，冬天的风却留恋着我们的城，风很大，天很冷！朋友说，听说我们这里的轩辕湖春天时很美，一直想去看看。

中午下班后，我到楼前的公交车站迎接朋友的到来，尽管穿上了长长的大衣，一出楼门还是不禁打了个寒噤，哇，好冷！似乎一夜之间又回到了寒冬。

朋友已经在寒风中等我了：一件半长的深色羽绒服，戴着帽子、口罩，特意背了个相机。也许是因为远方朋友的到来，轩辕湖畔有了些许不同于往日的风景，有了一丝特别的暖意，朋友的儒雅让我的世界回归安静和雅致。

湖边没有了疾风，碧桃、玉兰、紫荆都在争相展示美丽，春天来了，即使冬天的寒风还在，也不能阻挡花儿的绽放，一如人们奔向春的迫切愿望，以及对春天的眷恋。一路走走停停，拍花朵、拍柳丝、拍流水、拍湖边的木桥与芦苇，也留下人们追寻春天的浪漫，留下轩辕湖畔的美好足迹。

送朋友上车时，心里涌起许多感慨：30年，于某些人而言或许就是不经意的似水年华，也许就是一转身的擦肩而过，然而曾经的30年在我们看来，依然散发着岁月淡淡的芬芳、长长的思念，虽然漫长却在一瞬间悄然抵达。

记得那天晚上，我写下一篇《轩辕湖之约》，写出了内心的感慨。

眺望那片湖，记忆那片湖，想念那片湖，想念轩辕湖畔的静好岁月，想念绿荫里的悠长时光，想念深藏在碧绿荷塘里的清梦，想念荷花与荷叶长相厮守的恬淡。

酷暑漫长，盛夏还在痴痴流连我的城，带着这份思念和祈愿，我切切盼望着凉爽的秋天快点如约而至，好和好友重拾湖畔的好时光。

芳 邻

搬进新居一月有余，我还不知对门住的是谁。曾在楼梯间见过一两次，她与我年龄相仿，彼此擦肩而过，然后关上房门或者各奔东西，谈不上有甚往来。

闲时，我就站在阳台看风景，看那尊古老优雅的佛塔被大片嫩绿环抱，河岸绿柳绽出明净的春色，晴空中也有风筝飘摇。离开了闹市喧嚣，只觉得满眼的清新可人，两耳清静。尤其是月朗风清的夜，国道上车灯闪烁，犹如夜色中点点渔火洒在江面，蛙鸣声声从田野深处传来，悠悠地伴我度过每一个读书写字的宁静夜晚。清晨醒来，听小鸟唤着春天的温情……这一切对我来说，实为一种享受。

然而还没有长久品味崭新的情趣，烦恼便到来了，家住高层，白天基本无水，尤其是在夏天，用水的问题实在令人头疼。

一天夜里，终于来水了，做饭、洗涮等一系列问题得到解决，我兴奋至极。第二天清晨醒来，听见哗哗的流水声，心想莫非是水龙头没关？仔细听听，估计是对门那边传来的，也许她还没起床吧。中午下班回家，竟发现楼梯湿漉漉的，邻家门缝里不断有水流出来，记得平日邻居一直在家，今天怎么没人？这个瘦瘦的邻居常费劲地提水上楼，今天却让水白白流走，唉，粗心的邻居到哪里去了呢？此刻我恨不得破门而入，关上水阀，但毕竟有心无胆，假如有一个遥控器倒是可以帮帮她。她家的床怕是要漂起来了吧？马上能开游泳池了吧？如果她出门旅游了岂不更糟？仅一墙之隔，我的内心不禁更为担忧。

知道吗，芳邻，此刻牵挂你的人是我……

和大姐的约会

周末难得清闲，我不写文章不弹琴，中午与儿子琛美餐之后睡意泛起，睡了个长长的午觉，梦里酣畅，不知今夕何夕，忽听见电话响起，困意还在，没接，电话铃一声声执着地响着，只得接起电话，是姐姐。

“在家干啥呢，咋不接电话？”

“哦，姐呀，午休……”

“这都几点了还睡呀，去郑风苑走走如何？”

“好呀，好呀！”

“回来再去吃碗擀面皮，工会那里的‘西岐一绝’，好吗？好久没去吃了，这会儿天热，到五点多我开车过去接你……”

“好嘞！”

姐姐盛情邀约，美景、美食，岂可辜负？不去，于心何忍？我也好久没见到姐姐了！迷糊片刻，果断起床，稍事梳洗、更衣，骑车出发，穿祥和街，过洧水路、体育场，远远就看见工会门前的路口树下，一个女子正翘首张望着，瘦瘦的身板，短短的头发，暖暖的笑容，不是我的姐姐还会是谁呢？

姐姐笑起来，看着我锁好车子，说：“咱先去对面吃，吃完天也凉快了，然后去郑风苑慢慢转。”吃完擀面皮，坐上姐姐的迷你小汽车直奔公园。姐姐说：“不知这里的荷花开了没？”我说：“已经开了吧，前段时间来，都开了，不如去东岸看看。”

和姐姐一起来郑风苑观荷，今年还是第一次。边走、边看、边聊，拍些风景，到了木桥，姐姐就欢喜起来。看，好美的一片荷叶，碧绿碧绿的，真养眼！是呀，西苑的红莲都已开了，东苑的白莲却含苞待放，似乎在特意等待着我们迟来的欣赏。

拱形的小石桥和亭子边的河水中，一片片、一簇簇碧绿的睡莲挨挨挤挤、热热闹闹，泛着油亮，叶片小巧圆润，透着俏皮可爱，而木桥尽头那一大片，随风翩翩摇摆的，才是幽香阵阵的荷叶，翠绿荷叶间粉白饱满、顶儿尖尖的，正是姐姐喜欢的白莲，在层层叠叠荷叶的簇拥守护中显得娇嫩清雅，不沾尘俗。姐姐停下脚步倚着栏杆，不由得赞叹着，兴奋地举起手机不时拍下荷塘、荷叶、荷花，还有随风摇曳的青青芦苇。

此情、此景、此刻，我不由得心中一动，悄悄拍下姐姐开心的背影。下了木桥，沿着鲜花盛开的河堤小路，姐姐和我慢慢地走，慢慢地聊，说到退休后的生活，姐姐展现出满满的开心与充实。

职场忙碌数十年，终于能闲一闲，可姐姐并没有真正停下来，先是报名参加了家政培训，积极学厨艺，又去学开车，很快就拿到了驾照，接着参加合唱团、参加普通话朗诵比赛，又常年和姐夫一起坚持晨跑，围绕轩辕湖每天跑数公里，还参加了几届郑开马拉松，让我们都佩服不已。

不知不觉暮色降临了，时间好快！从郑风苑出来，姐姐开车送我一程，分别之际，心里涌出满满的感慨，人退休，心未休。姐姐，愿你在新的起点、新的道路上坚定筑梦、开心追梦，寻找自己的快乐，享受美好的小时光。引用一句名言："只争朝夕，不负韶华，不忘初心，快乐追梦……"

遇见传奇

遇见太行的云、遇见林州的雨，和你一起，这一程，不再孤单，这一路，倍感温暖。

久远的追寻

早就听说，新郑具茨山的岩画特别出名，据专家研究，其寓意和功能足有80多种，内涵丰富。我之前虽多次登具茨山，但一直未曾有机会见识这些岩画，恰逢清明时节，好友相约一同到具茨山专程探访岩画，算是圆一圆心存已久的梦。

4月初的具茨山，春光已是明媚动人，带着迫切的期待，我们放弃了新修的石阶道路，沿着前人踩就的土路和石块直奔岩画所在地前行。是的，世上本无路，走的人多了，就成了路，不知鲁迅先生是否因经历过这样的攀爬才有了至深的感悟？

走了一段较为艰难的小路，到了可以仰视龙头的地方，面前豁然开朗，几块堆叠在一处的大石旁赫然立着一个醒目的牌子，上书：具茨山岩画。在牌子旁边，我们欣喜地看到黄土和砂石间横卧着几块石头，这些石头平整的表面上有着几个或深或浅的圆坑，虽历经岁月风雨的洗礼，却依然清晰可见，没有被剥蚀和损坏。这些岩画从何而来？是何人所凿？是哪个时期的作品？做何用？其中必定有不同寻常的意义，不然，不会引起国内外考古学和历史文化专家学者多次专程前来研究这一课题……

我们带着好奇、疑问和探求答案的心情，蹲下细看：浅一点的洞呈规则的圆形，或者并排各6个浅穴，或4到8个浅穴围绕着一个较深的圆洞，呈梅花状分布，中间深的圆洞则储满了水。难道是蓄水用的？山区干旱，山民几乎靠天吃饭，这点水无异于杯水车薪。通过翻阅老师的《具茨山岩画猜想》了解到，原来这些浅穴是与求雨有关的符号。

远古时期，人们在山坡上凿刻圆穴，并通过灌水，流到模拟的村庄，从而完成一次祈祷活动，祈求上天按照人们的意愿普降甘霖，下得沟满河平，以解除干旱之苦。而深的圆洞则是与求子有关，与人类的性与生殖有关，具有直接的祈祷祭祀功能。

史料记载，远古时代，那些没有子嗣的家庭希望皇天开眼，希望送子娘娘慈悲为怀，为自己送来一个个欢蹦乱跳的新生命，以延续香火，使家族兴旺，于是在离苍天很近的山顶石头上非常虔诚地挖出一个个凹穴，代表求子愿望。后来，这个创意被效仿，人们纷纷在山上的石板板、石块块上创作象征美好寓意的作品，想要几个孩子就凿上几个圆穴，反正时光漫长，梦想无限，大家有的是时间和热情，时间久了，这些执着的追梦人成了岩画艺术家，具茨山俨然成了岩画的梦工厂。

《具茨山岩画猜想》中，作者还讲到具茨山的岩画和石刻有许多种类，年代不同、形态不同，寓意也各不相同，石壁上有些年代不同甚至未显示年代和作者的石刻也是很耐人寻味的。这次探访，算是初次接触岩画的冰山一角，未来的路很长，作为文化之旅的开端，期待今后的日子里能够深入接触它的精彩无限……

寻访黄帝会盟祠

周日，我与好友约伴龙湖西泰山，去寻访新郑历史名景：黄帝会盟祠。

由于对乡村路线不熟而乘错了车，我们只好按手机导航从龙湖某个村口徒步前往西泰山，导航显示大约50分钟到达，而我们选择沿着村陌之间的羊肠小道前行，一来能节约一半时间，二来途经果园，可以顺便赏花，以免路途寂寞。

半小时后，我们终于到达油菜花和桐花盛开的西泰山，经过拆迁规划建设之后的新农村，道路整洁优美，花园随处可见，人们安居乐业。

西泰山村因为开发了“千稼集”这样一个特色旅游项目，给村民带来了经济效益，昔日贫穷的小山村从此实现了华丽蜕变和经济腾飞。而我们今天要寻访的这个黄帝会盟祠就坐落在西泰山坡上的翠竹深处。

沿高高的台阶而上，仰望坐落在山头上的黄帝会盟祠。祠门矗立于广场中央，重檐歇山式建筑面阔五间，顶覆布瓦，红墙木窗。门有楹联曰："会诸侯劈天地功泽百世，抚万民创百业德润千秋"，门楣悬挂鎏金大匾书"黄帝会盟祠"。殿内雕像若干，均依《韩非子·十过》记述之像。祠门两侧为重檐楼阁式建筑，下部为进出黄帝会盟祠的偏门，两侧楼阁与偏殿相连处为碑廊，东西两座偏殿均为始祖殿，殿内分别供奉着华夏人文始祖黄帝及嫘祖。两殿间广场中部为祭坛，六边形祭坛中放置铜铸巨鼎，四周插黄色八卦旗。

遥想当年风云变幻，穿越千年的历史云烟，我仿佛看到一幅宏大的历史画面：轩辕黄帝乘着金色巨龙盘旋的龙辇自远而近御风而来，头顶黄云蒸腾、绸带飘舞，蚩尤摇旗开道，虎狼威武，鬼神殿后，风伯扫尘，雨师洒道，大象毕方驾辕，六条蛟龙辅助，腾蛇伏地，凤凰凌风，朔风劲舞，诸侯旗帜猎猎，尽显黄帝神威。此时神坛、祭品已经就绪，嘹亮的清角声响彻天地，轩辕黄帝率诸侯大步走上神坛，毕恭毕敬鞠躬叩首，上香献帛献酒，祝融开始朗读神圣的祭文，声如洪钟，震彻四方。敬拜日月天地，感恩河流山岭，祈求天下太平，护佑百姓万福。黄帝走向祭坛中央，撒下中原神圣的黄土，东西南北四方诸侯走向祭坛四个方向，撒下代表四方的青白红黑四色神土，跪拜天地，完成华夏最初的祈福。

会盟诸侯，底定万国，和平和谐，统一中华。走出中国昨日历史，黄帝会盟祠传承着和平和谐、统一安定的今日世界主题。

追风溱水

四月的一天，我与好友约伴寻访一座有故事的古寨——位于新郑观音寺镇的溱水寨。一下车，便望见一扇高高耸立的寨门，一座有三个拱门的二层飞檐建筑，非常壮观，上书三个遒劲有力的大字：溱水寨。

沿古寨主干道东行，这里虽远离市区，现代化的文明气息却已悄然吹进了角角落落，统一规划、坐落整齐的民居，清一色的仿古门头和外墙，整洁的街巷间有以精美的绘图、优秀的中华诗词经典以及《礼记》《左传》等国学经典制作的文化墙，此外还有健身器材、运动场、超市、饭店、美术馆、村史馆，人文气息扑面而来，无不体现着古寨的今日腾飞、未来可期，吸引着我们进一步探访的兴致。

出得东门，迎面看到一座名曰观澜的牌楼，引起了我们的兴趣，原来东门即观澜门，“观澜”一词源于《孟子·尽心上》中的“观水有术，必观其澜”，意即在此能俯瞰溵水河之波澜壮阔。

果然，出了观澜门就是溵水寨桥，凭栏远眺，追忆往昔，宽广的河面一望无际，河畔有着高大的杨柳，茂密的芦苇，亭台水榭秀美，朔风呼号，柳条劲舞，可惜不见昔日的波澜壮阔与烟波浩渺。偶有飞鸟掠过，鸣叫嘎嘎，一眼越千年，遥想溵水往昔的丰姿，徒生几分大江东去的感慨。一座巨型石舫卧于河上，与岸上的一座楼阁遥相呼应，和合舟、太古石、花炮楼、文昌阁等传说在栏杆上随处可见。行走于河岸，看到了一座砖砌的五孔断桥，有诗人诵断桥，诗曰：

溵水河中有断桥，专家眼里筑清朝。
追求史册谁人证，架构典型何处标？

遥想当年，溵水源出具茨山白龙潭、黑龙潭，因黄帝而成为历史上非常著名的河流之一。黄帝统一中原后确立新的图腾，是黄帝成长、受国、建都之地，是名副其实的母亲河。溵水寨则是溵水流域中心与四河交汇之地。黄帝口坐落在寨东边，是九龙河与溵水河交汇的河滩地带。相传这里是黄帝率兵南下征战炎帝的集结地，也是黄帝乘舟南巡时的出发地。

《史记·五帝本纪》载："（黄帝）生而神灵，弱而能言，幼而徇齐，长而敦敏，成而聪明。轩辕之时，神农氏世衰……而蚩尤最为暴，莫能伐。炎帝欲侵陵诸侯，诸侯咸归轩辕。轩辕乃修德振兵，治五气，蓺五种，抚万民，度四方，教熊罴貔貅貙虎，以与炎帝战于阪泉之野。三战，然后得其志……与蚩尤战于涿鹿之野……”败蚩尤，华夏统一，奠定了中华文明的基础。相传黄帝与他的属下风后、大鸿、常先等在黄帝口商讨如何打败蚩尤，推演八卦，在舟船之上占卜吉凶，出“和合”二字，故黄帝败蚩尤时遂与蚩尤结盟。

后人为纪念这段历史，在漯水桥上建舟，名为“和合”。此时我有了一个疑问，这个石舫是传说中的和合舟吗？追问历史却不得而知。

和，和平；合，联盟、统一，黄帝与蚩尤结盟顺应民心，二者完美结合最终实现国家和平和谐统一，人民安居乐业，堪称治国兴邦之典范！

紫藤花开

你可曾看过紫藤仙岛？初见那么硕大的紫藤，是在一个与青山遥遥相望、由绿树麦田和油菜花环抱的仙人岛，远离繁华闹市和乡村人烟，栖身于田野一隅，恬淡而幽静。经过曲折艰难地攀爬，登上高处，眼前豁然开朗。我几乎不敢相信自己的眼睛，这里地势平坦，俨然一个远离红尘的世外桃源。不是桃花，而是一大片开始泛青的藤萝枝丫弯弯曲曲彼此缠绕，以它独特的姿态或攀着黄土崖壁向上生长，或横卧于地面缠绕相抱而长，新芽、粉蕾与干枯的枝干同生共长。紫色的花瓣在春风的召唤中摇曳生姿、翩翩起舞、欣欣向荣。

我在游览倾慕已久的仙人岛时，却不期然偶遇了一棵蓬勃生长的紫藤树，风吹过的角落，满树的紫藤花开，鸟儿飞过，兀自啾啾鸣唱着一曲美妙多情的春歌，风儿告诉我，这不是一座孤岛，它是不期而遇的紫藤仙岛！

这棵紫藤，我不知道它在这被世界遗忘的角落生长了多久，它经历了几番前世今生的轮回？它的生命力何以如此顽强？是什么样的信念和力量支撑着它度过一年又一年？远离闹市喧嚣，独立于红尘之外，无人造访，无人问津，更无人关注的寂寞时光里，日日与黄土长空做伴，夜夜与清风明月为友；历经岁月沧桑、烟雨红尘，以及周而复始的清苦四季、盛开与沉寂；没有人为它们的成长培育灌溉，没有人为它们的花季喝彩，没有人为片片花瓣的凋零而怜惜，更没有人为花魂的消散而心痛。

来年，或许一缕春风、一阵细雨就唤醒了它，唤起它的新生；盛夏之后的一阵风雨、一场寒凉，令它又归于梦一般的沉静，沉静思索，沉静思念。

在漫长等待的时光里，苍老了天地，苍老了岁月，然而在冰雪覆盖的土壤里却深藏着一颗不曾湮灭的灵魂，栖息在静谧的仙岛上，坚守着一颗初心，等待与春的重逢，等待和煦春光与和风细雨的抚慰，等待着生命久违的绽放。

这些紫藤仙子，坠入凡尘又被凡尘遗忘，与世隔绝又与世无争，如清晨的一颗露珠，莹洁无瑕、玲珑剔透，独守着这方宁静的天空与厚重的净土，怀揣着希冀与梦想，如守着前世的相思、今生的相恋与缠绕，一诺千年、情怀不变，你若不来、我不愿老，千年、万年，哪怕化作风、融入尘，只为与春天赴一场前世之约。

紫藤花开，春归来……

放下即释然

周日的下午，仿佛听到春姑娘的温情召唤，我沿着洧水清波，走过七孔彩虹桥，循着柳丝飘飞、春风拂面的河畔小路，踏春西行。看到东南角一座高高的土丘，掩映在青青翠竹和灼灼桃花的深处，与凤台寺塔遥相呼应，同行的老师告诉我，这里，就是有着2700年历史的新郑历史名景之一，望母台。

仰视望母台不算高大的身躯，虽然历经了2700年岁月的侵蚀，风霜雪雨的洗礼，依旧坚韧地矗立着，依稀可见当年的挺拔，迎候着一代又一代的后人前来抒发怀古幽思。这就是春秋时期郑庄公望母的地方。沿着前人留下的足印，我缓步登上望母台，风扑面而来，脚下的黄土依然厚重，一面是不知生于何年的树的裸露根脉，一面却是清新的芳草萌芽，向南眺望颍城，追溯这段著名的历史，体会一代国君遥远的情思。

据《左传》记载，作为春秋时期郑国第三代国君的郑庄公，是一个有战略眼光、精权谋、善外交的政治家，开启了春秋列国争霸的新时代，被历史学家誉为“春秋小霸”，郑庄公的才能决不可小觑。庄公的母亲武姜，生下了寤生和共叔段两个儿子，对两个儿子的态度却有着天壤之别。

据说武姜生庄公的时候因难产险些死掉，由于受到惊吓，所以给庄公取名寤生，并因此很讨厌寤生。当她生下二儿子共叔段之后，对寤生的讨厌就变成了对共叔段的处处偏爱、袒护，她多次请求郑武公立共叔段为太子，但郑武公未同意。

郑武公二十七年，郑武公患病，武姜请求立共叔段为太子，但郑武公仍未同意。同年，郑武公病逝，太子寤生继承王位，史称郑庄公。在庄公继位后武姜又要求封京邑（今荥阳）给共叔段，母命难违，庄公便封京邑给共叔段。

共叔段得到京邑后就开始扩充势力、储备粮草、补充武器装备和兵力，武姜则与共叔段里应外合支持他反叛郑国。这样的兄弟，这样的母亲，叫庄公如何意能平？庄公得知共叔段偷袭郑国日期后，便派兵攻打共叔段，共叔段连夜逃到鄢地（鄢陵）、共地（辉县）。庄公把母亲武姜安置到城颍（临颍），发誓：“不及黄泉，无相见也。”

所谓世间一切因果绝非偶然，庄公对于母亲，其实很有一番怨恨，这怨恨日积月累，随着母亲对共叔段的偏袒甚至纵容叛乱不断升级激化，最终演变为一场烈火在庄公的心里熊熊燃烧。

立誓、下决心容易，彻底忘却又谈何容易？时间久了庄公还是非常思念母亲的！我仿佛看到，战绩显赫、功业辉煌的一代政治家此刻正独自徘徊在这高台之上，眺望南方，凉凉的夜风吹起他的长发，飘起他的衣袂。夜色中我看不到他眼角的泪水，却留给我伤感失落的背影、一声声轻轻的叹息，这是对母爱的思念，对亲情的呼唤，也是难以排遣的悔意……

受到这份思绪的感染，我看到另一个我已随着他急切的脚步奔向望母台的东面，那是智慧的颍考叔给他的指引。此时思母心切的一代国君终于放下怨恨，解开心结，听从颍考叔的建议，掘隧道与母亲相见，和好如初。黄泉之中，母子久别相拥、泪洒千年，留下这段流传千古的《庄公掘地见母》的动人故事！

透过岁月的尘烟，穿越历史时空，触摸这历经了2700年烟雨红尘的黄土，这微风，这春意，这暗香，不知是否一如从前一样的沁人心脾？这岁月，这天空，是否一如几千年前的地老天荒？沉淀了数千年多情岁月的黄土之丘，犹如沉淀了岁月风华的世间情怀，赋予我几许思索和感动，何为天长地久？何为地老天荒？吹拂了2000多年的风告诉我，一代君王的宽广胸襟告诉我：放下即释然，原谅、宽容便是长久的心安！

这世间，没有解不开的心结，没有放不下的怨恨，唯有浓得化不开的爱与亲情可以海枯石烂、地老天荒，唯有心安才是永远的归宿。

雨中的紫风铃

都说风儿是花开的信使，当南山的秋悄然而至，遥远的山巅便如约收到了秋的种种讯息。凉爽的秋风带来了金桂的馥郁，白云的缱绻，硕果的抒情，红叶的浪漫，秋歌的舒缓；也带来了绵绵的细雨，秋虫的私语以及蛙鸣的小夜曲。不知不觉黄了秋草，白了苇梢，黄、白、紫色的野花悄然盛放，雏菊烂漫，蒲公英轻盈，一些不知名的白色小花也来凑趣，加入了这七彩的舞蹈团。

又一场雨绵绵密密地洒下来，凉凉地淋湿了游客的头发和衣服，或许秋天的雨就是这样，常常不宣而至、不请自来，雨里绽放起一朵朵美丽的红伞花、蓝伞花、绿伞花，为灰色的天空带来一些明快的活力，给单色的画板描绘出亮丽的色彩。雨中的山顶很安静，还伴着轻轻的脚步声，或许能听到伞下人的呼吸。雨蓦然停下了脚步，千丝万线缓缓而落，因为它看到了迎风摇摆的秋草间有一抹紫色，走近细看，那是一簇紫色的花朵，它垂首的姿态真像风铃，是谁遗落了心爱的紫风铃？半开的花瓣楚楚动人，含蓄的花蕊我见犹怜，雨中的紫风铃，你在等待着谁的到来吗？

雨，突然莫名的亲切、莫名的熟悉，如亲人，如老友，如知交，在异地不期而遇，紫风铃也瞬间张开了花蕊，颗颗露珠纷纷顺着花瓣滑落。

雨愣住了，惊讶了，它清楚地看到了花儿的眼泪，是倾诉相逢的喜悦还是苦苦的期盼？

“你终于来了，今生终于等到了你！知否知否，年年秋季，风里雨里，夕阳里，我一直在这里，默默等你……”

“怎么，你一直在等我出现吗？”

“是的，一年一年，一直在等，只是，遥遥不知归期。等你出现，等你重逢。也许，你已忘了曾经的我，忘了我们初次的遇见，你知道吗？我已经在这里默默等了2500年……”

“哦，2500年……”

“你还记得吗？在2500年前的一个秋季，这片草丛中，那一串紫色的花？朋友，我怎么会忘了你？怎会忘了那一次暖暖的相遇，怎会忘了我记忆中的一场珍贵的雨……”

紫风铃絮絮低语，似乎在问雨，也似乎在追忆。雨也陷入了漫漫回忆，它想起了那一次久远的邂逅。

那时候的雨，是一片白云，常常优雅洒脱地遨游在天际，也会在雷电的召唤中化作雨滋养大地，履行它光荣豪迈的使命。一个清晨，云听见山间清脆的鸟鸣，又听见了一阵动听的歌声，那是谁在唱歌？比鸟鸣更为婉转动听，缥缈空灵，循声飘去，终于在一片芳草萋萋间看见一簇美丽动人的紫风铃，它在一片秋光中翩翩起舞，或许一眼便已注定千年。云不由自主停下了脚步，欣赏着紫风铃，沉浸于这份美丽的偶遇。紫风铃仿佛感知到了这份爱意，抬头看到了一片洁白的云，云优雅灵动、飘逸洒脱的风采也深深吸引了它，紫风铃便送给云一个甜甜的微笑。从此，云不再四处漂泊，它们相依相守，感受着这份温暖与快乐，以为彼此的拥有便是天长地久。

然而，一阵狂风袭来，大地飞沙走石，瞬间不见了紫风铃。

紫风铃流落到了何方？云默默想念着心中的紫风铃，期待着有朝一日能够重逢，云多想找回往日的紫风铃，留住昨日的美好，永远拥有这份快乐，然而，时光漫漫，岁月如风，相逢在何年？

云又踏上漂泊的行程，继续它的使命。

冬天，云化作晶莹的雪花扑向山巅，寻觅紫风铃的足迹，化作皑皑白雪，眷恋紫风铃的气息。春天，云化作一场春雨，滋润着紫风铃偎依过的大地，期待着重逢的佳期，如一颗随风漂泊、停留又遗落在泥土里的种子一样，在无尽的岁月里期盼着生命中的甘露。

而一粒小小的种子，曾随风不经意地飘落到草丛里，又被深埋在黄土下，在日复一日的黑暗与沉寂里等待、渴望。它在等待复苏的力量，也在渴望着春天的来临。忽然头顶一阵喧闹，那是雷唤来了风，唤来了云，变成了雨，雨洗涤了尘埃，滋润了土地，也唤醒了泥土下默默期待的生命，赋予了它破土而出的力量、蓬蓬勃勃的生命力，赋予了这个生命傲立于山间的美丽和坚强。走出了黑暗，美梦成真，它看到了春光明媚，看到了蝴蝶飞舞，看到了壮丽山河，看到飘逸云朵，却唯独不见曾经赋予它生命、唤醒它成长的雨。我深深感谢的朋友啊，你在哪里？我怎么才能再次遇到你？

一场雨，唤醒了一粒种子的萌芽，赋予了紫风铃新生，也悄然种下了它的思念。那雨，完成了它的使命，再次回到云端，继续云的寻觅，云的等候。

岁月流转，星移斗换，长空沉默，初心不变……

也许它们早已变了模样，历尽沧桑。

也许有一天，它们会在世界的某个地方不期而遇，暖暖相拥。因为一场暖暖的雨，因为跨越了数千年的重逢……

细雨黄花不尽思

早晨，朋友来电相邀，今天同去南山，如何？说真的，这个国庆节一直秋雨绵绵，我窝在家里，不觉假期已近尾声，今天终于放晴，不如出去走走，也圆一个上次未了的心愿。于是，欣然应邀赴一个南山之约。

南山又名陉山，与具茨山相邻，与长葛、禹州交界，属于伏牛山系，在新郑市西南约15公里，此行拜谒的子产墓和子产庙就在山顶。

乘公交一路向西南方向奔驰，靠着车窗欣赏美丽乡村，心情非常愉悦。约半小时的车程后，我们到达一个鸡犬相闻、古朴宁静的小村，南山近在咫尺，经过开采的山体给巍峨的南山穿上了一件火红绚丽的秋装。在丝丝细雨中步行上山，虽凉意阵阵，却难以阻挡我们拜谒郑国名相子产的一片热切与虔诚之意。沿着一条蜿蜒崎岖的羊肠小道上山，踩着脚下坚硬的石头，野生的树木、半人高的荒草、酸枣棵不时牵绊着我们前行的脚步，扯拉着我们的衣角和雨伞，不由得感叹追寻先贤的道路虽然如此艰辛，南山的热情却也令我深深感慨，一次次仰望山巅，子产庙的青瓦屋顶清晰可见，经过不断地攀爬，历尽艰辛，终于到达山顶。

踏着半人深的茂密秋草间的小道，走近子产墓。青草依依的墓冢静卧于草丛中。斜风细雨里，两座石碑静静守护墓冢一侧，与不远处的子产庙不离不弃，陪伴左右。风自四面八方而来，声声呼啸，不绝于耳。

我的思绪渐渐穿越2500年间的风云，走近这位中国历史上影响深远的一代名相。我仿佛看到他心系国家、忧国忧民的情怀，看到他处处体恤民情、倾听民声、体察民意的形象，看到他坚定推行一系列改革善政的果断英明：封沟洫(丈量土地，划清地界，承认土地私有)、作丘赋(按照实际占有土地征收赋税)、铸刑鼎(中国最早的法典，把刑法公布在鼎上，让老百姓知道法律)、存乡校(保存乡校，农村聚集的地方，类似于后来的农村学校，让人们议论朝政)，从而使人民安居乐业，也仿佛看到他为了国家安宁，不辱使命、奔忙周旋的身影。

因为子产为官清廉，他去世后由儿子和家人背土将他埋葬在陉山的山顶。他的儿子也严于律己，不靠父亲声望谋私，成为后人学习的楷模。

有民间传说，子产墓并不是他的儿子垒起来的，而是玉皇大帝派神仙建起来的。子产生前爱民如子，死后却无钱下葬，此事上达天庭，感动了玉帝，玉帝就派炼石仙母运送石头为子产建墓。仙母头顶着石头披星戴月运了好几趟，最后一趟，刚走到山腰，鸡就叫了起来，仙母来不及变化，就化作石头留在陉山上。如今，2500年过去了，“石婆婆”还站立在子产墓的东南方悬崖边上。

子产墓还有一段神奇的传说：子产“活着肝胆照日月，死后日月照肝胆”，所以每当夜幕来临，陉山顶上仍有一轮红日照亮着这位爱民如子的郑相墓冢。又有人说：有时雨后初晴，夕阳西下，远望子产墓上方，仍会出现一轮碾盘大的玫瑰色的红日，转眼又不见了。那是太阳神不愿让黑暗笼罩子产的墓冢，它做完了它的职事，又偷偷地跑来了。

这段陉山晚照的故事虽然离奇，却表达了民众对子产的敬仰之情，也印证了“爱民者，民恒爱之”的道理。明新郑县令陈大忠曾赋诗《陉山晚照》：“蕞尔孤城摄大强，公侨八面一身当。千秋事业垂青史，犹带余晖映夕阳。”

久久伫立于子产墓前，拂去千年的风沙，在南山的风雨里追寻那段令人敬仰、永不磨灭的历史足迹，我的心依然在2500年前驻足流连，“你心中有人民，人民心中就会有你”。我们愿这《陉山晚照》千古流芳，就像永远不落的太阳般千秋永照……

无论是真实的历史记载还是神奇的民间传说，都在告诉我们，子产爱民如子、清正廉洁的光辉形象在人民心中永驻，深受人民的拥戴和颂扬，人民也会永远记住他、思念他。每逢清明时节，陉山周边的村民都会从四面八方赶来，登山上香烧纸，祭拜子产，千年来从未间断过。

今天虽然无缘欣赏到美丽神奇的陉山晚照，也未能一睹子产庙的真容，却有幸遇到了一片片茁壮生长的野草，一簇簇即将盛开的山菊花，一串串楚楚动人的紫风铃，还有一些不知名的小野花，这些倔强的小生命围绕着子产墓迎风招展，纯真烂漫，不知道这片生生不息的秋草与黄花，在此地默默守护了多少年？这不仅是顽强的小生命，更是山中的精灵，几千年来忠实陪伴守护着子产的忠魂。

这风，是不是人民对千古名相的深情呼唤？这雨，是不是子孙后代对子产的万千思念？这风声，能否将后人的呼唤与怀念如约送给这位名相?

蒙蒙细雨中，我们俯身于野草丛中采来一大簇即将怒放的黄花，虔诚地献给名相子产，愿雨中的拜谒能够给忠魂一丝慰藉，让雨中的黄花寄托我们无尽的怀念与敬仰，更让南山的绵绵细雨洗去千年的尘埃，送去我们真挚的祝愿与期盼，祝愿今日的和平盛世能够如他所愿，让他心安，期盼他脚下深爱的这片厚土与人民日益安康、富足、强大……

遇见传奇

四月，遇见尧山，开启一次说走就走的旅行。我在密密的林野中穿行，在厚厚的落叶上行走，在烂漫的花丛中流连，在陡峭的山石上攀登。寻觅山野间最美的杜鹃花与传说中的瀑布，和山风、鸟鸣、溪水、清泉来一次亲密接触，和密林间腐朽与新生并存的偶遇来一次完美的心灵对话，以及不经意完成的徒步穿越旅行，堪称初涉“驴途”遇到的最难走的路，最难攀的山。引用“驴友”的原话：“全程开启手刹脚刹、四驱模式，将徒步旅行进行到底。”

漫山遍野的杜鹃花仿佛懂得远道而来的游人心思，在山野间次第盛开、红红火火，一片片，一簇簇，如姑娘般绽放热情的笑颜，迎风跳着欢快的舞蹈，犹抱琵琶半遮面地在山顶含苞待放，羞红着脸颊。偶有三两株粉紫的杜鹃花也吸引着我们的目光，大家情不自禁驻足、欣赏、拍照，留下欢乐的笑声和美好的倩影。

花丛深处，我却不经意间看到了两种相依相生的生命存在，不由得赞叹称奇，这是一种生长于两块石头夹缝中亦树亦石的生命组合，姑且让我称它为传奇！仿佛经历了一场烈火的惨烈燃烧，皮已经脱落，黑色的枝干却依然发出了嫩绿的新叶，不能不佩服大自然中生命力的顽强。一粒小小的种子，如何能在石缝中生根发芽？是风，是雨，还是鸟儿的杰作？只要生了根，生命就会苏醒，会一天天长成参天大树，成就一片片茂密的山林，春风一过便枝繁叶茂，为人们遮风避雨。

历经百年甚至千年的风雨，有的根部已经空了一个洞，长长的树根裸露着，但丝毫没有影响其魂魄的坚强挺立，它的生命力亦发挥到了极致。这些树在时间和优胜劣汰的洗礼中蓬勃生长，根部日益粗壮，久而久之与脚下的山石黄土融为一体，是石头孕育了这些生命，还是强大的生命保护了石头？不仔细看，根本看不出哪一块是养育了树干的沃土，哪一块是陪伴树木成长的石头。

在岁月的沉淀中，树根、黄土与石头紧紧相拥，早已融为一体，形成不分彼此、你中有我、我中有你的姿态。作为一个比树的生长环境要强一百倍的人难道不也应该具有这种坚韧不拔、顽强不息的意志吗？仿佛受到树的精神感召，凡是这些独特的传奇树旁必有一两株怒放的杜鹃花，许是借了大树的坚韧不拔，花儿满树恣意，格外娇媚动人，与干枯斑驳的树干形成强烈的反差，一边是腐朽，一边是新生，一个是男人的粗犷，一个是女子的娇羞，是成熟的老去成就了青春的恣意，抑或是青春的稚嫩成就了成熟之旷达？时光和命运已将二者的生命紧密结合在特殊的氛围中，互相依存、互相成就，同呼吸、共命运。

山野中的传奇，不失为一种精神的体现、美的体现，愿我们都能拥有这样的传奇之美，超越世俗的无奈、不堪，翱翔于明净的梦想天空，绽放自己的精彩和美丽！

许昌散记

清晨，我推开窗户，一些寒意、一缕清风拂面而来，远处，隐约传来轰隆声，仿佛列车驶过的声音，这应是新一天城市生活即将开启的节奏……

回味昨日许昌之游，心还在温泉的热气中氤氲。

寻古都味道，展三国情怀，看曹魏古城，品特色美食，一不留神走进岁月深处，穿越千年云烟，梦回遥远朝代，笑看繁华……

我们跟随导游的节奏寻寻觅觅、走走停停，最终选定一条隐藏于老城深处的回民小吃街。街口一家海记羊肉汤强烈地勾着饥肠辘辘的灵魂，站在街口望去，沙记牛肉、烧鸡子、涮羊肉、莲汤肉片、焖面、各色味道火烧、炸丸子，还有摆在眼前的热腾腾的牛肉汤、食材很足的油茶……

标准的回民街，诱人的味道，古老的小楼，窄窄的巷子，美食星罗棋布，小馆子遍布其间，街口一家刚出炉的豌豆糕摊子吸引了我们的目光，话不多说，我得先来一块安慰一下空空如也的肠胃。经过探讨比较，最终选定一家据说很有名的羊肉涮锅。这家店不大，干干净净，店主热情周到，大家坐定开始点菜。等待过程中，店家推荐当地特色美食丸子双拼，先热下场子。牛肉丸子、粉条肉末丸子，外焦里嫩，香味十足，一口吃下去顿时幸福感爆棚，丸子吃着，锅子里已经咕咕嘟嘟欢唱起来，现切羊肉、青萝卜片、川粉、香菇、茼蒿……依次开涮，直吃到渐入佳境，人人皆欢，粉面桃花，大家吃得心满意足，周身发热，幸福感再次爆棚，舌尖上的魏都蛮地道！

茶足饭饱，大家直奔心里已种草的馆子，开始了买买买，导游提了一大块著名的沙记牛肉和炸莲条、豌豆糕，我们买了豌豆糕、炸莲条、丸子、火烧，满满芝麻馅的炸甜角，满满的美食带给家人满满幸福的味道。

我们狠狠满足了肠胃的亏空、买足了东西，便奔向不远处的曹魏古城。两年前走马观花看过一次，这次当属深度游览。一路走来，曹魏风的木质厚重建筑、古玩字画古风古韵亲切依旧，飘过的汉服少女引我驻足流连，情不自禁走进店里细看，身着汉服，梦回千年，依然是梦寐以求的思念、向往，难怪朋友总说我与现代生活相去甚远，心还痴迷在古老的世界中。

从曹魏穿越回现代世界，开始行程第三站：温泉戏水。金雨玫瑰温泉假日酒店，据说规模最大，泉水清澈、环境宜人、舒适度很高。下车一看，果然不是浪得虚名，我们换了衣服步入后院，庭院幽静雅致如江南园林，亭台水榭休闲榻卧，小桥流水淙淙不绝，石径幽深绿影疏离，灯光朦胧低垂，大小不一的温泉之上热气蒸腾，人影浮动。和同伴选一僻静小池置身其中，寒冷冬夜泡温泉，的确是一种美妙神奇的体验，空气寒冷，水里热气蒸腾，堪称冰火两重天的极致！

此时夜幕降临、灯光柔和、月色迷蒙、人影交织，草地传来阵阵轻柔的音乐，热气弥漫如袅袅轻烟，弦乐飘飘如梦似幻！闭目沉醉，仰首倾听，人声遥远，此时如有一只善舞宽袖来翩翩起舞，岂不快哉！我想月亮之上的嫦娥仙子若见此情景，内心定会泛起点点涟漪，应是只恨身边冷清寂寞，羡慕凡间繁华了吧！此情此景，此月夜，如美梦一场，不由得沉浸于虚无缥缈、美不胜收的遐思……

许昌一日游，至此，完美收官，今夜，好梦，好眠！

漫步云台

那年四月，与朋友相约去云台山。天还未亮，我们就踏上旅途，车窗外飞驰而过的绿野、春水、黄花，还有翩翩起舞的燕子，为大地增添了无尽的诗意，整个身心都沉浸在春天的温馨里。

一路北上，经过黄河大桥，终于再次看到我们的母亲河，似乎听到古老的船歌乘着一叶扁舟远远飘来，途经焦作的武陟、修武，终于到达云台山。驱车行于九曲十八弯的盘山路，一侧是悬崖峭壁，路边是流淌的河水，偎依着连绵的青山，群山绵延，云雾缭绕，与蓝天白云交融，给伟岸的山脉平添几分神韵。走近它，那奇形怪状的石壁、郁郁葱葱的树木、淙淙不绝的流水，又为伟岸的山增添了几许灵秀之气。

这里的水很有特色，泉水尤其丰沛，每到一处，就有水流从石缝中汩汩流下，像是从天而来的神水。更令人直称奇妙的是，水流从高处一串串、一排排落下，宛如水帘洞一般。我们一路走来，流水潺潺，不绝于耳，不禁联想起黄河水声，感觉这水应是来自天上，高山流水的清越琴音仿佛就在山谷回荡！

这里的山峰也造型各异，很有特色，有的像骆驼跪卧、驼峰清晰，有的似金鸡报晓，有的是女子美丽的侧颜，有的两两深情相望……无尽丰姿、无限神韵尽在其中，不由得赞叹大自然的鬼斧神工！那路边随处可见的石壁，经过雨雪风霜的冲刷洗礼，有的像层层书页，有的像云朵片片，有的像珊瑚或者莲花，俯拾皆是，令人爱不释手。有时正走着，突然横出一块巨石，像调皮的示威者，游人须低头弯腰方可通过。

为了登上大瀑布，我们乘坐橡皮筏穿过名为一线天的潭水，深绿的潭水幽深却清澈见底，窄窄的水面两侧是高高的陡峭耸立的绝壁，绝壁上长满滑溜的青苔，令人望而生畏。沿石阶扶着粗粗的铁链攀登上去，再登上铁梯子，向下一望潭水，后背便生出一阵凉意。经过努力终于攀爬到了老潭沟大瀑布，不巧的是，此时并非最佳的汛期，难以看到瀑布的壮观景象，但是通过仰望高处的石壁上的流水痕迹，可以想象当时画面是如何的摄人心魄。瀑布下有一个湖泊，水特别清澈，蝌蚪和各色鹅卵石清晰可辨，引得小孩子流连其中。山洞日积月累形成有钟乳石，还有冰块，触摸一下，冰凉入骨！仿佛这里与外面的初夏是截然不同的两个世界。泉水干净，我忍不住掬一捧浅尝，甘甜清冽，如美妙的山风一样宜人醉人。

不知何时山中飘起了雨丝，雨中的山更显朦胧含蓄，像新娘披着轻柔的面纱。在雨雾中行走恍若云中漫步，俯瞰山下一切的树木和建筑物幻化为虚无缥缈的云中仙阁，琼楼玉宇如梦似幻、妙不可言。即将结束云中漫步之时，我珍重地捡一块灵秀的石头，灌一瓶甘甜的山泉带回家。愿山之精灵陪伴我的归程，留给我永远美好的回忆。

太行观云

盛夏的周末，我与闺蜜相约去太行山避暑。

我去过几次太行山，曾看过深秋的红叶、冬季的冰河、初春的连翘花，对太行风景并不陌生，然而，太行观云当属首次。

凌晨4点，我们在不期而至的雨中出发，闺蜜团一路驱车向北，走高速，过黄河，经卫辉，经过近4个小时的车程后，终于到达林州境内的太行山大峡谷景区。然而当地警察告知我们，因为现在是雨季，景区近期关闭，游客一律禁入，何时开放不得而知。站在太行山脚下，仰望着云雾缭绕，一片怅然。风丝丝凉爽，像是在安慰远道而来却不能如愿的我们；夏雨也更懂闺蜜雨中的爱好，滴滴答答、潇潇洒洒、时疾时徐，一路热情伴随着我们走走停停、兴之所至的旅途，关注着我们的心情。既然如此，我们想，旅途，其实重要的不是目的地，而是旅途中的风景，以及一起看风景的人。于是，听雨，看云，成了此行不得不爱的主题。

早就听说太行的云海极美，心已神往，今天又偶遇一场缠绵的夏雨，注定此行不同寻常。驱车慢行，近观或者远望，形容为海毫不为过！投身于一个茫茫缥缈、无边无际的世界，天地浑然一体、洁白朦胧，浓浓淡淡的云飞越青山，飞过峡谷，穿过绿树，裹着雨丝，挟着雾气，带着湿润气息，从四面八方扑面而来，雨滴在车窗外不断落下，汇成道道雨流，雨声响在耳畔，似乎听到一阵热情的叽叽喳喳：

“你们，来啦？”

“嗯嗯，来啦来啦！”

“从很远的地方过来的吧，走了好久？”

“是啊，凌晨就出发了！听说这里的云海很美，慕名而来，又听了一路的雨……”

“呵呵，好美！你们那里热吗？”

“嗯嗯，酷暑难耐，好热好热，所以就来了，风雨兼程……”

“好呀！好呀！欢迎欢迎，远道而来的你们！”

我蓦然想到途中闺蜜说的一句：“今天我们或许会在太行的云海中漫步！”是啊，雨中漫步已经够浪漫，再来一个云中漫步，与期待已久的云海来一个亲密接触，那该是怎样的一种极致的美妙？仙境缭绕，仙云升腾，有朋自远方来，那片云，是否是遥远的问候？那片海，是否是无声的相拥？那云中的翩翩佳人，该是落入凡间的仙女，在我身边巧笑嫣然，舞姿翩翩……

雨中看太行，的确是一种独特的体验。

雨后的云，与山一起构成一幅流动韵味的画面，雨欲歇而风不止。走近仰望，那云便围绕着绵延的青山缓缓飘移，绵延青山如一位曲线优美的睡美人，像穿着洁白婚纱的绿色新娘，沉浸在云蒸雾罩的仙境中，沉浸在洁白朦胧的梦里。那云不是我们在平原地带看到的翩翩五彩羽衣，或者棉花朵朵，而是通体洁白，无边无际，抒情浪漫，表达着对山无限的依恋。站在白云脚下，你可以感受到云和大山的两情缱绻、相依相伴。有时雨后看到的云却是一团团的黑雾笼罩。闺蜜说，此山妖气太重，必有妖怪出没。我不禁感叹这云是如此情绪化，既可柔情似水，佳期如梦，也可忧郁低沉，令人望而生畏。

雨中看太行的云，的确不同寻常。返程途中，雨丝飘洒、云端烂漫，一颗心不知不觉已留在了这片温柔缱绻的仙境……

亲水，携一片绿梦

走进秦岭深处的金丝峡大峡谷，印象极深的是生长茂密、覆盖率极高的植被，有许多不知道名称的树木，那满眼映入的绿，那纯净的、彻底的、纯粹的、通透的而又一眼望不到边的嫩绿和苍翠，将绵延起伏的秦岭山脉装点得秀美无限，写尽春深。愈贴近大山的怀抱，便愈觉得整片身心都沉浸在了这一片绿色的天地。车在绿中行，人在梦中走。这梦就是绿的梦！此刻的你只需放空自己，靠着车窗俯瞰这一片通透自然的绿野，感受大自然的魅力，将自己彻底融入大山的怀抱。

峡谷中看风景，看山，不能不看水，最心动的是亲水。透过车窗，湖水、溪水、泉水就在眼前和脚下，不大也不深，清澈见底，触手可及，依偎着绵延数百公里的青山，波光里带着几分恋爱中女子的婉约柔情。

在绿色的山中行走，人在深浅不一的绿梦中穿行，随处可见溪水在欢快地流淌，只要你慢下脚步、俯下身子，这些流水俯拾即是，映入眼帘的是游鱼见底的澄澈，触及指尖的是透心清爽的凉，如山风的惬意。顺水而走，侧耳静听，一路都是水的各种声音回响在山谷、耳畔，有的水从上游奔下，有的从山上石缝间流出，或缓或急，或柔或烈，形态不同则声响不同，给人的感受也是各不相同！涓涓细流总是不紧不慢、悠悠潺潺而来，声音不大，非常悦耳，叮叮咚咚带着春雨的含蓄温柔；稍微急切的流水淙淙、哗哗，和着山风拂面，像小朋友们争先恐后地追逐、奔跑、嬉戏；高山瀑布激流直下，绿树掩映之处宛如珍珠翡翠滚滚而落，浪花飞溅处带着山风的呼啸，如夏雨滂沱，如雷贯耳，携激越的朔风汹涌而至、激情澎湃；而最不经意的还有那高山石缝间悄无声息流下的水滴，它不宣而至，或许你听不到它落地时的告白，只在斜斜的石壁上看到湿漉漉的痕迹，远方的你来与不来，看不看它，其实它一直都在，等你留意，等你发现。

细看一路风景，倾听一路春声，声声入耳，声声入梦。绿意盎然的梦，静谧幽深的梦，悠远缠绵的梦。

偶 遇

霜降后的一个周末，我与闺蜜几人慕名来到登封附近的山中，听说这里有一处红叶谷，霜降之时，红叶特别醉人，还有清泉飞瀑，潭水清澈，美不胜收。佳人们沿着蜿蜒崎岖的山路寻觅红叶谷，香汗淋漓，气喘吁吁，弘忽然说："你们听到没，好像有一声猫叫！"

有人说："这深山野岭，哪里来的猫？是不是听错了？"过了一会儿，弘又肯定地说："没错，是猫叫，是不是野猫饿了，在找食吃呀？"听着猫咪的叫声寻找，终于发现在密林深处有一团黑乎乎的影子，似乎是一只黑色猫咪，不过，在这样的深山老林，这个猫咪的来历有点神秘！

弘说："我还有些饼干，去喂喂小猫吧？"

有人质疑："在这里遇见黑猫，你确定它是一只猫吗？会不会是什么野生动物？"

"是呀，搞不清状况的小动物，还是别去招惹它了。"

“可是，我分明听着是猫叫呀，是不是饿了，它在向我们要东西吃呢!”

“弘，还是别去了，万一不是猫咪呢，别惹了什么病菌哟!”

“是呀，我们还有很长的一段山路要走，别忘了今天是来干吗的呀！时间不要太晚了。”

闺蜜们你一言，我一语，让善良的弘也犹豫起来，停下了探寻猫咪的冲动，于是回归主题，我们继续前行，终于如愿找到了红叶谷。虽然遗憾来得早了，无缘欣赏到层林尽染的醉美风景，不过山谷里绿色、黄色和红色所交织的色彩斑斓，谁说不是一种美呢？我们欣赏了瀑布，拍了许多照片，又踏着纹理奇异的山石路，沿原路下山。途中，弘有点沉默，她一定还在纠结吧？其实谁的心里没有一点纠结呢？女人嘛，毕竟总是偏于感性，容易慈悲心肠、爱心泛滥的。

山路弯弯，日高人渴，大家有点饿了，忽然看到前方有青烟缭绕，难道这里有人家吗？我们不禁加快了脚步，走着走着，看到一座青砖黄瓦的庙宇，一棵枝叶繁茂的歪脖树斜出墙头来，生出热情的迎客姿态。门口一个大香炉，青烟就来自那里，庙里供有神像，还有两张床，被褥齐全，显然有人在此居住。拜过神像，走下庙旁的台阶，却走进了一座小院，这个院子有些特别，小院倚山而建，门外是大山的风景，院内却十分安静。山道穿过小院，石头砌成的两三间朝南的屋子，两间西屋，看着像是灶房，熏得发黑的墙边整齐堆放着树枝，灶台上两个稍大的铁锅，正冒着热气。一个年龄稍大的大姐在忙碌，几个游客坐在门口的石凳上吃面条，还有几个孩子坐在石阶上玩。大姐热情地问："你们没吃饭吧？这有蒸面条，来吧，吃一碗！"我们问一碗面多少钱，大姐笑着说："来这儿的基本都是去庙里上香的，饭随便吃，这都是自己种的蔬菜，自己蒸的面条，碗筷都在厨房，随意拿。"说着大姐掀开锅盖，只见里面有大半锅蒸面条，散发着面和菜的香味，还有一口锅里煮着红枣红梨汤。于是我们便拿了碗，一人盛了一碗面吃起来。过道尽头，瀑布近在眼前，潭水就在脚下，水声淙淙，潭水碧绿，山谷宁静，秋色宜人，这一顿饭吃得惬意！在大山偶遇这样一处安静所在，偶遇淳朴热情的看庙人，不能不说是一种缘分。

饭后刷了碗筷放回厨房，却听到一声猫叫，看了半天才在角落里发现一只竹篮，几只小猫蜷卧在一只猫妈妈身边，清一色的黑，弘一下子兴奋起来："看，这就是那一只猫咪，原来是这家的女主人养的猫，它刚生了宝宝，感到饥饿就出来觅食了。你们还不相信……"

黑猫妈妈喵喵地叫了几声，大姐走出屋子，吩咐她的女儿："黑猫饿啦，快喂喂它吧。"一个年轻的女子端了半碗面条倒在猫碗里，那猫蹑手蹑脚走过去，女子说，它胆子很小，有人围观它就吓得不敢吃了。于是我们远远地看着，猫咪快速地吃起来，吃得很香，偶尔看我们一眼，我们不由得拿起手机拍下了专心吃饭的猫咪。

大姐说，她和女儿一家常年在这里看守着小庙，不免寂寞，就种些蔬菜、养几只鸡鸭猫狗打发时间，并且每天做些饭菜招待香客，远道而来的香客或游人晚上可以在大殿里住下。而香客们也会不时从山下捎来一些米、面、油之类的答谢看庙人。

大姐又说，再有一周，叶子就红透了，特别好，到时候再来吧。其实每年的三四月，是山上最好看的时候，杏花、桃花，开得漫山遍野。闺蜜韩留下了大姐的微信，对我说："这环境真不错呢，是修身养性的好地方，什么时候烦了累了我们就来住上一段，你也可以静下心来写文章……"

再会了，看庙的大姐，宁静的小院，待到疫情散尽，来年春暖花开，我们再相遇！

遇见夏雨，和你一起

燥热的暑期，酷热难耐。闺蜜群约伴的呼声不断、此起彼伏……

某日，群主有话说："明天爬山去，报名了！"一石激起千层浪！"好啊，去哪里？""什么时候？怎么去？""自驾还是随团？西山还是远方？"闺蜜们一呼百应，群情激昂，各种出行帖子纷纷隔空投过来，形成一股热情的洪流，深山寻幽、漂流亲水、看海观瀑、古镇览胜……因为几次组织旅行一直未能成功，有闺蜜说："不许忽悠，来一次说走就走的旅行！"最终大家一致决定，去位于林州的太行山大峡谷消夏避暑。

凌晨4点，闺蜜团一路向北，驱车直奔太行山大峡谷。一路夏雨，一路飞歌。走高速、过黄河、经卫辉，坐在副驾的闺蜜拍下凌晨5点黄河大桥上朦胧闪烁的灯光，记录此刻的心情，放飞奔向远方的憧憬："跟我走吧，天亮就出发……”不，不，何须等到天亮，我们凌晨就已出发……

4个小时的车程后，一行人终于到达林州太行大峡谷景区。当地交警却告知我们：因为现在是雨季，景区已经关闭，一切游客禁入。太行山近在咫尺却不得一见，大家有些怅然失落，深受拥戴且特别熟悉林州地貌的司机兼导游志力提议，既然如此，不如去看看红旗渠，然后去有名的纸坊村一游，此外中华古板栗园也不错！也算不虚此行。

于是大家说走就走，无须刻意寻觅，驱车沿植被茂盛的太行山外围行走，林州红旗渠近在眼前，山道边那一道石头砌就、蜿蜒曲折伸向远方的渠道便是驰名全国的红旗渠。登上宽约1.5米、高约1米的渠道观看当年林县人民在艰苦的自然条件下勤劳智慧的结晶，感受伟大的红旗渠精神，留下我们由衷的赞叹，在泉水和奇石之间更留下了快乐的身影和谈笑。

第二站是林州中华古板栗园，据景点介绍，这里有我国树龄最长（700多年）、群落最大（3000多亩、8000余株）的古板栗群。在园外的栗树林中徜徉观赏，与一棵棵见证了几百年沧桑的古树对话，赞叹古树蕴藏的不老芳华。或许是太行山得天独厚的自然条件的滋润，这些生长了数百年的古板栗树干乌黑斑驳、干裂变形，然而生命力异常旺盛，依然枝繁叶茂、硕果累累，细雨中湿漉漉、毛茸茸的青板栗在枝头清新可爱，如一只只带着圆圆水珠的小刺猬。这不能不称为自然界的传奇！喜欢拍照的闺蜜弘蹲下身子忙着捕捉蝴蝶、雨滴的靓影，或许这就是今天抖音的素材；喜欢跳舞的韩和芳挡不住细雨的热情，忙着支起三脚架在树下随着音乐翩翩起舞、自拍、直播，真是超级爱美又可爱的闺蜜，从少女到阿姨时代，历经岁月风霜的磨炼和摧折，风采不减当年，美丽初心不改！

欣赏闺蜜优美动感的舞姿，感受今天的快乐，思绪仿佛回到了无忧无虑的青春时代。是啊，少女时期结识的玩伴，一起走过的数十载时光，半生的匆匆芳华……当青春不在，光影闪烁，一切美好仿佛就在昨天。纠结年龄不如拥有好的心态，活在当下，健康美丽，寻找快乐，拥有幸福，好好把握每一天，感受快乐的真谛，这才是今后的主题。

雨，一直在下，一路林涛相伴，一路缠绵相随，如我们向往远方不曾停歇的热爱和脚步，如我们相伴多年依然未改的初心和追寻，在去往太行的途中，在太行的脚下，在林州的街巷，此刻又伴随在我们流连忘返的归途。倾听雨的乐章，时而舒缓，时而激越；时而淅沥，时而滂沱；时而细腻，时而豪迈；时而伤感，时而欢快。淅淅沥沥、滴滴答答、缠缠绵绵，不愿离去，这是太行迎接友人的喜雨，还是依依不舍的泪雨？遇见太行的云、遇见林州的雨，和你一起，这一程，不再孤单，这一路，倍感温暖。

愿你我的往后余生，情深义重，绿水长流；愿你我的闺蜜情谊，青山不老，历久弥坚……

红豆、柿饼、手擀面

此次随“探路兵户外”赴太行山深处徒步之旅，随老“驴友”们徒步，虽劳苦了腿脚，却锻炼了身体；既增长了户外经验，又放飞了心情，并借此机会狠狠挑战了一番自我，回想起来收获颇丰，我感慨良多。

初遇龙门村，是在一行“驴友”历经了一番艰辛崎岖的跋涉终于攀到顶峰之后。走过一段独特的石砌梯田和蛇形公路，大家在寒风中疲惫交加，倍感饥肠辘辘，忽闻领队说前方村子里有农家热腾腾的手擀面可以吃，于是振奋精神、快马加鞭奔向这个不期而遇的温暖所在。

走过弯弯的山道，终于抵达一个全是石头砌就的两三层民居的山村，一眼望去，村前开阔处有一个农村大舞台，上书“龙门村人民剧场”，旁边一栋小楼上方龙飞凤舞四个大字——龙门客栈。村口一株历经了500多年沧桑岁月的古树正张开繁茂枝丫迎接远道而来的客人。接待我们的是两户农家，干净的小院落，两层石砌小楼，一层有三间正屋、一间厨房，石板地面，石板灶台，木屋顶，依旧是传统的小方格木门窗、桌椅和家具、床铺，不大的空间窗明几净，竟然收拾得异常干净整洁，令我们这群来自城市的男女赞叹不绝！

趁大婶做饭间隙，我们跟随大叔沿着房子西侧石阶上到二楼参观，这里是储存粮食、干菜、干果以及杂物的空间，简单的石灰白墙，不大的木格小窗，透着柔和的光，温暖宜人，宁静如斯，不禁引得我再次赞叹。这似曾相识的环境，几乎绝迹的传统慢时光，唤起几多亲切的童年回忆，而且这里远离城市喧嚣、空气清新、民风淳朴，亦应是理想的度假养生之地。

吃过村民烧柴煮的手擀面、杂粮红豆粥，还原自然原味，味道如这太行山深处的民风般质朴、醇厚、绵长。饭后和朋友一起买了大叔种的红豆杂粮带走，朋友另买了柿饼送我品尝，粗陋质朴如这片山野之风，染着太行深秋的白霜，不禁忆起红叶时节挂在山谷里一个个红灯笼般的甜蜜果，不觉一下甜到了心里。

和大叔攀谈得知，由于村里处处沟沟坎坎，遍布树木山石，良田不多，长年缺水，交通闭塞，至今依然贫瘠落后，年轻人纷纷走向山外谋生，只有三四十位老人留守这片清苦寂寞。也正因如此才保持了古村落独具风貌的魅力，未受世俗熏染，如世外桃源般古朴依旧，醇厚依旧，吸引着久居都市的人们来此寻梦休憩、滋养身心。

梦秦淮

“文人雅士共荟萃，才子佳人竞风流。千年梦回金陵事，秦淮深处诉春秋。”寻梦十里秦淮，透过灯影与时光交错的世界，走进金陵深处的繁华，这念想深藏已久。

南京风光，首推秦淮，秦淮风光又以乘画舫为快。朱自清在《桨声灯影里的秦淮河》里写道：“夜幕垂垂地下来时，大小船上都点起灯火。从两重玻璃里映出那辐射着的黄黄的散光，反晕出一片朦胧的烟霭；透过这烟霭，在黯黯的水波里，又逗起缕缕的明漪。在这薄霭和微漪里，听着那悠然的间歇的桨声，谁能不被引入他的美梦去呢？”

他用细腻的笔触，描述了桨声灯影里的秦淮河，一幅金粉楼台鳞次栉比的景象。秦淮的画舫凌波，如梦如幻的美景，无数次地萦绕在我的梦里，久久回荡……

带着这种心驰神往，我乘上画舫追寻着桨声灯影，穿过秦淮烟雨、历史云烟，别样的风情在三月微凉的夜风中氤氲。“文人荟萃，更商人云集，繁华街市。桨橹声中观旖旎，入目几多惊喜。十里秦淮，六朝粉面，画阁藏佳丽。进乌衣巷，再游王谢府第”，游客云集之处的繁华景象渐渐呈现。

夜晚的秦淮河，河灯璀璨、流光溢彩，游人如织，辉映着岸上的亭台楼阁，彩色的河流斑驳迷离，时间按下暂停，瞬间穿越回六朝古都的繁华，穿行于这条厚重的人文之河、历史之河，聆听着才子佳人的爱情故事，吟诵文人墨客的经典佳句，感受六朝烟月，明清金粉，无限感慨、恍若梦中，引人沉醉、泪光几许……

如果称秦淮河为爱情河，一条有故事的河流，让人沉浸遐想的河流，那是丝毫不为过的，这条已经褪去了脂粉气的香艳之河，弥漫着诗意与奢侈、迷梦和向往。无数才子佳人在这里上演爱情的离歌，最有名的莫过于李香君、侯方域的《桃花扇》，在山河破碎、凄苦别离的历史背景下，更是烘托了秦淮河的烟笼风情、风花雪月。那些侠骨柔肠，那些梦里的艳丽灯花，披着轻纱的曼妙女子，缠绵悱恻的吴侬软语，还有那锦瑟琵琶，都带着遥远而朦胧的颜色，只在古旧的书页里重复吟唱，梦里依稀，媚香楼里“花容兼玉质，侠骨共冰心”的李香君，还站在那洒满月光的楼里凭栏思量。她的琵琶声还依稀在秦淮河上空回荡，成为千古绝唱。这些被称为“秦淮八艳”的金陵女子们并非全部生在金陵，有些是因为家庭的变故流落至此，金陵不过是以另类方式容纳了这些色艺俱佳的女子罢了。这些美丽的、才情并重的传奇女子，吸引着文人墨客驻足流连，留下爱情佳话和诗词歌赋。

一江明月回首，一杯浊酒相逢，一年春时桃红，一眼回眸尘缘。秦淮河，是“一池春水胭脂色，流到前朝梦里来”的迷恋，是“水边多少丽人行，秦淮帘幕长干市”的眷恋，亦是“古韵凌波十里欢，风摇画舫雨寒烟”的爱恋。

月夜清歌

今夜月色依旧，且将多愁善感留给那些才子文人，我愿携一轮崭新的明月踏进崭新、踏实、甜美的梦境。

夜 读

夜晚，窗前少了一些白天的纷乱，尤其是住在近郊入住率并不高的小区，我听不到车水马龙、人声鼎沸的喧闹，周边静得几乎可以听见花的呼吸。

风轻轻地吹，窗外的夜虫和远处田里的蛙鸣忽高忽低地鸣唱着，如水的月色更增添了夜的安详。晚上七八点钟，我忙完了一天的工作，忙完俗世杂务，方才静下心来，打开台灯，让暖意和静谧弥漫室内，带着一些疲惫靠在沙发上，翻开一本没有看完的书，品味其中的凡人情感，滋味种种。穿越时空，跨过国界、地域，与书中的人物对话，与作者的灵魂共舞，感受书中人物的悲欢、世界的精彩，感受别人的世界与人生，透过不同的眼睛、换个不同的角度看生活，相似的共鸣涌上心头，心情也与书中人的悲喜交融，与夜的气息交融。

夜晚读书的内容，杂且多样化，冰心散文、罗兰散文、张爱玲小说、三毛的撒哈拉之旅、路遥、陈忠实的小说以及古典诗词、国学经典、童话故事都值得用心品味，都能让自己从中有颇多收获。

读书时间不同，意趣和心境也不尽相同。

闲散的午后或者落日熔金的黄昏，寻一处幽静优美的角落读书，是难得的闲适；在漫漫的长夜读书，则是倾心触摸世界的高级享受，是游离于世界之外却又与世界共舞的快意；失意时读书是慰藉，是安抚，是自我的治愈；得意时读书是过滤，是沉淀，是自我的清醒与顿悟；孤独时读书是淡忘，是战斗，是自我的磨砺；喧闹之后的读书则是心灵的自主抉择，拂去现实的诱惑，放空心灵的负担，倾听内心的声音，选择一种最舒心的方式安放自己的灵魂，让生命之旅书香沁润、更有趣味。

我喜欢在潇潇的雨夜倚床而卧，一盏灯、一杯茶、一支香、一本书，风和雨在窗外自飘自洒，体味那种“梧桐更兼细雨，到黄昏、点点滴滴”的情愁，一种挣脱于尘世之外的淡泊，一种逃离于人群之外的闲散与静谧，的确是一种莫大的心灵享受。舒畅之余，你或许会微笑着对自己说一句：孤独，其实也很美！

这样的夜读，完全是心情所至、趣味所至，让思绪挣脱了种种束缚，于夜空中曼舞。受了夜读的熏染，我的梦因而旖旎而奇妙，梦中的我回到久别的故乡，与久别的故人相逢；梦中的我插上梦想的翅膀，驰往远方，看到异域风光；

梦中的我又化身为故事中的主角，在别人的世界感受离合悲欢……

夜读，伴我度过了许多美好时光，让我学会热爱生活，释怀内心；赋予我仁爱之心、感恩之心、豁达之心，构筑起一方宁静、舒适、自由、旷达的精神家园。

等 候

天空等候着云朵，大地等候着雨丝，森林等候着鸟儿，荷塘等候着荷花，流水等候着风儿，春天等候着百花，盛夏等候着绿荫，秋风呼唤着秋雨，冬天等待着雪花，雪花等候着除夕和新年的甜美……万物有生命，万物都有各自美好的企盼。

等候的岁月，很漫长，冬去春来、四季变换、日复一日、年复一年……

等候的岁月，很孤单，身旁的人，来来往往，从陌生到熟悉，从熟悉回到陌生，都是渐渐熟悉的陌生人，熟悉的脸，遥远的心，触摸不到的灵魂……

等候的岁月，很迷茫，或许你不知道谁在前方，不知道谁是你真正的等待，或许经过的一片云、一缕风、一阵鸟鸣、一汪湖水、一池荷塘、一片月光，吸引了你的目光，迷惑了你的心智，甚至混淆阻碍了你的辨识能力，让心暂时迷失了前进的方向。

等候的岁月，需要沉静，需要思考，不是消极的隐忍，而是带着积极沉静的心去收获、积累、过滤、沉淀，做更好的自己，不负年华。

等候的日子，我总会忆起四月的山中那一丛迟开的迎春花，别处已经有了初夏的气息，角落里的迎春还在痴痴盼望，等候着春风吹过山巅、吹过山腰、飞过森林，看过了世间的繁华，而后姗姗来迟；也常忆起紫藤仙岛的花仙子们，静静怀抱着一片黄土、一片长空，年复一年期待春风一度的寂寞等候；亦会忆起春天里等候油菜花盛开的安静麦田，大片大片灿烂的花海陶醉了麦田，绿色的麦田托举了黄色花海的浪漫。

妩媚的黄、沉静的绿构成生机盎然的油画，烘托了整个春天，唱响了一曲浪漫的大地春歌；忆起夏末湖畔桃树上一颗颗晚熟的毛桃，初始的酸甜，渐渐的脆甜，青中泛红的小脸因为漫长一夏的等候更让人久久回味；更忆起河畔的一轮皓月，它的心中是否也在期待？在柳树的婀娜婆娑中，在云的变幻流动中，在长廊的尽头，在灯河的辉映中，若隐若现，仿佛也在默默地等候月下的一颗玲珑之心……

忆起冬日湖畔园子里遇见的梅花，干枯的枝干、泛黄的叶片苦苦等候着冬天的讯息，悄然等待着一年一度的绽放，也默默等待着有缘人的经过、停留、接近和欣赏，将梅花的暗香收藏；忆起冬日的午后，我曾戴着一顶镶了一圈水钻的黑色帽子于湖畔散步，无意中看见一圈钻石在阳光下熠熠闪耀，它的光芒强烈震撼到了我，当一颗默默无闻的钻石遇见热情的太阳，钻石的能量瞬间“爆棚”，生命从此绽放异彩，是太阳的出现成就了钻石的闪耀，还是钻石的光芒升华了太阳的价值？二者相互成就、相互升华，这也许是生命中最美的遇见，最有意义的等候。

等候的日子，挥别了晨昏，走过了青春，憔悴了芳华，沧桑了时光，也磨砺了初心。其实，只要拥有那一刹那的相逢、碰撞、升华，让瞬间成为永恒，让美好永驻，或许，等候，就有了不平凡的光彩。

窗　口

周一到周五，工作日的窗口通常都是熙熙攘攘的、喧闹非凡的，各种面孔，各种神色，匆忙、焦虑、惶惑，城里人、乡下人，男女老少、拖儿带女、扶老携幼，像是在超级大卖场，我们就是导购、营业员，早上9点到下午5点准时营业。

9点一开门，早已等候在西门外的长长的人群一拥而入，以最快速度奔向大厅里各自需要去的区域，瞬间在窗口又排起了若干条长长的队伍。

这种喧闹景象通常在11点左右到达一个小高峰，大厅内充斥着各种声响、各种动静，在人流的漩涡当中，没有一刻的安宁，有时还会有小孩子的尖叫嬉闹，小娃娃的哭闹，甚至买卖双方的争执吵闹，吵得我头痛不已却又无可奈何，直到午饭时间，人流渐渐退去，大厅才能恢复少有的安静。

饭后的半个钟头，是尤为宝贵的属于自己的时间，天气晴好的日子，我通常选择和同龄的好友玮一起绕着楼外一圈圈地散步聊天，晒晒慷慨的阳光，感受这一刻时光的静好，感叹四季的风景。

快乐的时光总是过得很快，下午1点却也如约而至，大家又开始上班了，又一波新的人潮涌动。下午1点到3点，这是我最难熬的时间段，不能午睡的困顿，工作的疲惫，久坐的腰腿疼痛，电脑屏幕刺激得我眼睛酸痛，各种喧嚣、人声鼎沸，不免令人心浮气躁，困顿之极时只能靠在椅子上忙里偷闲闭目片刻，然而各种声响远远近近交织在一起，甚至分辨不出是什么声音，来自何处，裹挟着我、推攘着我，只觉大脑中嗡嗡作响，没有一刻停止。

我怀念从前在办公室工作的安静，至少还有正常的生活作息。我好想插上翅膀，挣脱出这喧闹的世界，我想要逃离这种漩涡，放下一切，关掉电话，一去不回头，过一过想过的生活，不必再承受这种痛苦的煎熬。我甚至不知道是什么样的一只手、一种看不见的力量推着我、挤着我不停地向前走，不停地奔跑，似乎永远停不下来，其实明明已经超负荷了。闭上眼，恍惚之间，我的灵魂似乎飞到了一个安静的世界，如一只小鸟在宽广的蓝天白云间遨游，偶尔会轻盈地落在草地，或是树林间的落叶上，捕捉林间的鸟语、温暖的阳光和风的耳语，稍作一刻的安宁休憩，我便心满意足。

蓦然一声“老师”，将我漫天飞舞的思绪拉回现实，睁开眼依然在窗口，一声“老师”驱散了满心的无奈与疲倦，一声“老师”带着期待与信任，提醒着工作责任，重新振作精神、面带微笑继续我的工作。“坚持”二字写下容易，然而坚持住真的好难！

生日感怀

农历九月十一，我还在路上徘徊又徘徊着，不情愿时间走得太快，不情愿崭新的一岁匆匆到来，还一步三回头地张望留恋着身后的风景，九月十二，已带着风的祝福、阳光的想念，不可逆转地带我跨进了49岁的门槛。

二十几岁的时候，总觉这样的年龄很遥远，光阴那么漫长，常常漫无目的地一点点消磨时光，看空气中尘埃的舞蹈，听各种小情歌，陶醉于浪漫小情调。和闺蜜一起在长了厚厚干草和酸枣的土城墙上游走发呆；也常独自在西城冬日的落了一地黄叶的河畔上行走，感叹青春漫长、时光寂寞、心无所依；或者在上班间隙一次次溜出门去，钻进老城东西南北四条街细长如耳朵眼一样的胡同里逛，看工艺考究的老雕花门楼，看胡同深处的静谧院落，留给我漫无边际的遐想，编织着多彩的青春梦境，还有旧瓦顶上冒出的丛丛青草、悠闲的老人、旧的小店铺，感受到生活的悠长与恬淡，时光的脚步仿佛在这里渐慢、停顿。以至于以后的某个寂寞的夜，我梦见自己成了某个朝代官府家的小姐，为了逃一场婚而奋不顾身地穿过一道又一道的门，翻越一道道厚厚的青砖墙，想逃出这样的深宅大院。慌乱急切的脚步却在大门口骤然停了下来，门口蓦然竖起一把异常瑰丽的棕色提琴，情不自禁消散了要逃走的决心。不知这样的梦境在预示着什么，或许是青春的一些烙印吧！

然而当春夏秋冬在我青春懵懂或者成年以后庸碌琐事间一次次迅速交接转换，时光的列车已驶入五光十色、风云变幻的2020年。当时代的发展大大超出了我的成长，种种先进超前的物质表象和思想提示着我的落后，这个生命中的秋季已经呼啸而来，秋风吹起、黄叶飘洒，早晚寒凉时裹着棉衣，中午阳光燥起来又恨不得换短袖，这让人爱恨交加、思绪万千的秋天呦！每一次的染黑发，重复着自欺欺人的故事情节，或者看到少年时代跟父亲做过同事或邻居的叔叔阿姨们的今日模样，心里总会一遍遍感慨：唉！时光都去哪儿了？曾经那么年轻力壮、不停忙碌的长辈怎么就变老了那么多？而这些时光我都忙了些什么？仿佛19岁的笑声还在耳际回荡，刚刚毕业参加工作，正是青春年华、无忧无虑好时光，仿佛一下子就跨过了30年……

就这样迎来又一个崭新的生日。我依然会感叹岁月无情，得失无常，然而最无情的还是那一句经典语录：岁月是把杀猪刀！只是心里没有了刚进入40岁时的恐慌和不甘，渐渐有了一些从容、淡然，踏实、自在，甚至是平静如水，虽然不再有激情澎湃的波澜，安逸和平静倒不失为一种心的归宿，或许这是迟来的成熟与旷达，就像那首歌唱的：流水它带走光阴的故事，改变了我们，就在那多愁善感而初次回忆的青春……

我的花儿

初一的凌晨，我了无睡意，经历了除夕夜的繁华、狂欢，世界还在酣睡，大地一片黑暗、一片寂静，偶尔从远方传来阵阵炮响，似春雷的召唤，试图唤醒这新年的第一个早晨。东方的几颗星辰，此刻那么闪亮，仿佛微笑着致我以新年的问候。

打开阳台的灯，我想看看我的花草。这些精灵们栖身在阳台的大大小小的盆子和盒子里，如我一样爱着沉默，独守这一方孤独与宁静，与世界的纷纷扰扰相隔遥远。寒风吹来，叶片轻轻摇曳，似在向我致意，吊兰、绿萝碧影婆娑，叶片修长，泛着油光，春意盎然，冬天的寒风和冰雪丝毫没有摧残它的风姿，有的还生出了新的枝芽。算来吊兰已陪我十几年了吧，始终在角落里自由自在地生长着，春天会开些清雅的小花，发出新的枝条。

最让我惊讶的是去年春天搬回家的小朵玫瑰，前一阵还在屋里无精打采，几乎掉光叶片，无奈索性将它放到阳台一角，半个月不到，枝条上竟发出了一点点的嫩芽，渐渐已是满枝的绿叶了，强大的生命力令人敬畏、惊喜、感怀。肥美的多肉不甘寂寞，似要跳出小小的盒子，出去自由生长。小葱很细，还在不停长高，每次看见它，脑海就会跳出“青葱岁月”一词，青春岁月，风华正茂的时光？已不可阻挡、匆匆而过了。岁月无情，红尘滚滚，流走的是不忍回顾的时光，留下的是不堪细说的年龄与回忆。

伫立良久，天空有点光亮了，我蓦然忆起北边花园里盛开的一株蜡梅花，那决不做温室里娇弱植株的顽强生命，愈是隆冬严寒、大雪纷飞，它满树的花朵愈热烈绽放、香气扑鼻，那时那刻，踏雪寻梅自然富有诗意，而在这新春的第一个清晨，黎明前的黑暗与寂静里，伴着我的花儿草儿，独守着一个人的清欢，迎着东方的星辰、黎明的曙光，我的花儿草儿也给了我许多的欢喜、慰藉、畅想！寒意虽犹在，春风今已至。春天，已沐浴着清新的气息，怀着美好的憧憬踏歌而至了。亲爱的家人、朋友们，祝新年快乐，幸福安康！

新年的期待

临近过年的时候，好友送给我第一个新春祝福：日日似新年，安康每一天。天地在心中，时光在指间。心在三界外，言出五行骈。不为七情困，逍遥似神仙。

我的一位文学前辈和尊师祝我：青春不老，绿水长流。

心里便暗自欢喜，这既是一种对我过往印象的高度赞赏和客观评价，又是对我今后人生的一种美好祝愿，或者是激励，深深感谢他们！或许，这就是生命里一种真正的懂得，难得的情谊！年轻，快乐，人人皆向往，芸芸众生皆不停在寻觅、在追求，在时光与人流的长河中渡与被渡，然而年轻时的岁月总是那么风轻云淡，一切像是唾手可得、顺理成章，没有珍惜，没有患得患失、青春即逝的危机感，就那样麻木地一页页翻过去。多年以后，乍然梦醒，青春，怎么就化为梦一场，那么遥远、飘忽，明明就在昨天，却无法触摸到它，徒留一些泛黄的旧照片、日记。依稀触摸到那时的时光，仿佛嗅到一丝丝那些秋日暖、秋草黄的时光里的气息，感受到文字间渐渐消散的尘烟，留下岁月的芬芳在心底惆怅。

曾几何时，年轻变成了一种心态，一种找到快乐的生活智慧。想要保持年轻的心，不甘心沉溺在生活平淡无味的一潭死水中，于是不甘寂寞的人寻找一些诗意和情趣，制造快乐。经历了千山万水的跋涉，终究发现，快乐才是人生真谛。所有一切都是为了战胜自己的脆弱，超越平淡和无味，追逐属于快乐的梦想，用一种精神支撑着自己高兴地活下去。

当这个岁末带着青春的尘烟毫不留恋地离我而去时，我的心犹如送别一段渐行渐远的爱情，纵然心有千千结却依然忍痛放手，任凭脸上流淌着眼泪。与昨日的曾经挥别，历尽千回百转的沧桑，历尽辗转反侧夜晚的煎熬，终现柳暗花明。原来生活不只有生离死别的忧伤，难舍难分的疼痛纠结，它还会有冬去春来的感动与欣慰。

一个午后，我在湖边漫步，看到开始泛绿的柳枝轻抚欢快的湖水，野鸭在水面上闲庭信步，那时天高云淡，寂静风轻，忽然想到两句话："愿此后时光，仰望云淡风轻、海阔天空，听鸟鸣啾啾。俯瞰细水长流、年华似水，念青春不老。"

我想，我的心如果可以翱翔于红尘之外，挣脱于俗世之外，我愿携一路春风，笑看花落花开、云卷云舒；愿听芸芸众生的儿女情长、俗世情缘。

站在2020年的尽头，透过冬日暖阳，触摸早来的初春气息，我不禁再度回首，这一年努力过、付出过，哭过、笑过，曾失去、曾获得，不曾虚度光阴、不曾辜负韶华。

期待即将到来的一年，青春常在，绿水长流，守住生命的本真，把握快乐的真谛，踏一曲春歌，留住心中的彩虹。

小年鸡犬趣

农历腊月廿三，小年，“探路兵户外”群发帖，说有乡下果园的优质散养鸡，绿色环保，只吃粮食和菜叶，新鲜美味、煲汤有营养，有意者可报名，集体前往团购。我想着年关已到，备置年货刻不容缓，恰好家里小吃货也好这口，于是托群主费心代购两三只回来。晚上收到活鸡，计划次日早晨就去农贸市场找专业杀鸡手宰杀。

我把鸡从袋子里拿出来，暂且先在地下室养它们一晚，这可真是几只漂亮健硕的鸡，毛色发亮、眼珠子圆睁、目光炯炯。鸡们争着钻出袋子得以重见天日，兴奋地拍打着翅膀，发出咕咕嘟嘟的声音，趾高气扬地溜达起来。我按照群主嘱咐，用布绳子将几只鸡的爪子松松地系在一起，再放一盆水防止它们渴死。晚上遛完狗，我便去地下室看鸡。一开门，愣头愣脑的小狗子花卷三两步冲进地下室，突然看见几只高大威猛的鸡，吓了一大跳，愣在原地几秒钟，先是喉咙里发出几声短促的叫声，然后夹着尾巴飞快地退到门口，站到我的脚边。过了片刻，它开始使劲冲着鸡们吹胡子瞪眼地狂叫起来；大狗子核桃吃得胖，动作慢吞吞的，在门口探了下圆溜溜的脑袋，一看这阵势夹着尾巴直接退到门外，也真是个不折不扣的吃货、胆小鬼！两三只肥鸡就把你吓成这副尿样，养你何用！平时好吃好喝，关键时刻还不如一只小狗子勇敢。这边鸡们看到陌生的狗子突然闯进来，顿时威风扫地、惊慌失措，咯咯哒、咯咯哒地惊叫起来，我恍然大悟：原来这就是鸡犬不宁！

三只鸡的突然造访，似乎侵犯了狗子的领土，给家里嗅觉敏锐的狗子带来了不悦、不安；狗子的闯入也让鸡们惶恐不安，毕竟这是在人家狗子的地盘！对狗子们来说，这可真是个难忘的夜晚。上楼回到家，小狗子花卷再不肯像往常一样回窝蜷缩一盘儿安睡，而是一直蹲在门口垫子上，支着耳朵时刻听着动静，不时急切地挠门，并回头看着我，想要冲出去，似乎要随时跟鸡们搏斗一场；大狗子核桃也是一反常态，趴在窝边半睡半醒，一副“留一半清醒留一半醉”的模样，不像平常睡得醉生梦死的，只顾梦里酣畅呼噜响，管他明日炖狗汤……

次日清晨，我还没起来，就听到高亢激越的打鸣从地下一声声传来，嗬，这阵势！我也是醉了，余音绕梁、袅袅不绝，这只认真敬业的公鸡，就要成为盘中餐了，还不忘履行自己的使命，还真让我哭笑不得。小家伙，除了执拗，没毛病！

我穿衣下楼，走进地下室。大公鸡和母鸡依然精神十足，看见我拿着纸箱，顿感大难临头，争着扑到墙角，抗拒着即将到来的命运。要是再养两天，不知道自己还能忍心吃它们么？

月夜清歌

夜幕降临，天空升起一轮弯弯的月亮，四周白亮亮的，树木投下迷离斑驳的影子。偶有车灯从前方打来，实在惊扰了这片月色。我踏上回家的小路，两旁的麦田一片新绿，古老的城墙，空旷的田野，一切都安静沐浴在迷蒙月色中，蒙上柔美的轻纱。远离闹市喧嚣，接近初冬的田野没有了夜虫的低鸣，眼前月色恬淡，夜晚寂静，于是我停下来，推着自行车，生怕足音重了，惊扰到这份难得的宁静。

到了家，我打开院门，月色不宣而至，清凉如水。抬头望见的一弯新月似乎懂我的心情，在门前的白杨树梢悄悄停靠。扫去满地的落叶，拉开窗帘，地上洒了满满一层的白霜，透着说不尽的诗意。此时的灯光多余了，索性熄了灯，任凭月色铺泻满室的静雅。耳畔传来风吹过白杨叶片的哗哗声，传来阳台上的风铃悦耳的金属碰撞声，倾诉着如我一般寂寞的心曲，于是躺下来舒展身体，独享这份与月色相伴、无人相扰的闲适。

城市的夜，灯光璀璨多姿，歌舞粉饰躁动，谁能看见夜空中皓月不事雕琢、不事张扬的自然、纯真与皎洁？月夜给人的记忆应是沉静的，尤其在独处时刻，思绪如风铃声般飘飞。同样一轮月，不同的诗人有不同的情怀，有李白的借酒兴诗、酣畅淋漓，“人生得意须尽欢，莫使金樽空对月。天生我材必有用，千金散尽还复来”；有政治失意、孤寂冷清，“花间一壶酒，独酌无相亲。举杯邀明月，对影成三人”；有淡淡的哀愁、淡淡的相思，或者是离家去国、萦绕梦里的浓浓乡愁。李白说：“玉阶生白露，夜久侵罗袜。却下水晶帘，玲珑望秋月。”李煜说：“无言独上西楼，月如钩。寂寞梧桐深院锁清秋。剪不断，理还乱，是离愁，别是一般滋味在心头。”张九龄说：“海上生明月，天涯共此时。情人怨遥夜，竟夕起相思。”杜甫说：“霜从今夜白，月是故乡明。”

最喜欢朱自清笔下的荷塘氤氲着的月色的情思，不知是美丽的荷塘烘托了朦胧月色，还是月色朦胧映衬了荷塘的清梦。总之，荷塘与月色成就了萦绕作家的心头之梦。

总是在车马喧嚣、俗世缠绕中步履匆匆，忘了倾听自我，也常在夜色深沉之际听到内心深处挥之不去的孤独与疲惫，曾经疏落了多少个阴晴圆缺时刻，遗失了多少次安静欣赏月色的心情？此时此刻，在月色中感受一缕清风、一抹惆怅、一抹诗意，不失为独特的惬意！

问君月下几多愁

今晚，有很好的月光，透过阳台的大玻璃窗洒在卧室地板上，我蓦然记起，现在已是阴历月中的时候了。

这样美好的夜晚，我却不愿安然入睡，怕一觉睡去，辜负了这么迷人的月色。拉开纱窗帘，皎洁的月光迫不及待涌了进来，满屋的白光。坐拥一片月色，心头一片静谧。酷暑和喧嚣渐渐远去、淡去，此时的自己是个思绪自由、无牵无挂的人。月色温柔，仿佛衣袂翩翩的白衣女子带着早春的气息踏歌而来，月色中我仿佛看到了朱自清先生笔下的荷塘月色，美丽而不妖娆，一片清香淡雅，是皎洁的月色衬托了荷花，还是美丽的荷花醉了月色？月色与荷花的交融成就了作家一个瑰丽的梦境，醉了几多细腻温柔的情怀。

静静弥漫的月色，千百年来承载了人生的多少离合悲欢、情思无限？文人墨客，曾对月仰叹、吟诵，抒发离愁别绪、家国情怀。穿过几千年的时空，同一轮圆月下，诗人苏轼曾在中秋夜欢饮达旦大醉之后作词一首——《水调歌头·明月几时有》，留下“但愿人长久，千里共婵娟”的千古绝唱。

南唐国君李煜在位十五年，被宋灭掉，当了俘虏。国破家亡，风雨飘摇，山河依旧在，城春草木深，应该是李后主凄凉痛苦的心境写照吧。在这样的月夜加倍勾起内心无法排遣的郁闷愁绪，于是一代国君在不眠的月夜愤然挥笔写下了《虞美人》，发出“问君能有几多愁？恰似一江春水向东流”的无奈嗟叹。在另一个月如钩的夜晚，李煜登上楼台写下了另一首流传千年的词作《相见欢》：“剪不断，理还乱，是离愁。别是一般滋味在心头。”

一样的月色，相似的愁绪，因为不一样的笔触，因而变幻出别样的情调，令读者读来感受强烈。豪放不羁、飘逸不群的大诗人李白，《将进酒》写得慷慨激昂、酣畅淋漓，在强烈的自信中却蕴含了怀才不遇的苦闷和政治失意的牢骚：“人生得意须尽欢，莫使金樽空对月。天生我材必有用，千金散尽还复来。”皎洁的月光成了诗人不能触碰的离殇。诗人张继曾在枫桥边的泊舟中孤枕难眠、借酒消愁，任月落乌啼，渔火明灭。这时从静夜中传来了寒山寺的钟声，钟声孤寂悠远，清晰地传到诗人乘着的客船，更加深了他深夜不眠不休的愁绪。我也遥想起了青年时代的冰心远离故国、漂洋过海，到大洋彼岸的美国求学，慰冰湖畔一轮皎洁明月照在她思乡的心上，触痛了心底的乡愁，引发了一场缠绵不休的病。一阵风吹来，风里一首老歌在轻轻地唱着：白月光，心里某个地方，那么亮，却那么冰凉……

月色迷人，穿越千年时空，徜徉千年情思。走出遥远的世界，告别遥远的忧伤，今夜月色依旧，且将多愁善感留给那些才子文人，我愿携一轮崭新的明月踏进崭新、踏实、甜美的梦境。

感悟幸福

什么是幸福？你幸福吗？我常问自己。这是个常问常新的命题，因为对于不同的人生，不同的境遇，不同的阶段，不同的追求，不同的目标，每个人的感受不同，每个人会有不同的领悟。

或许你会说，幸福啊，就是获得，是物质和精神的满足！不错，伴随着不同阶段、不同追求、不同目标，幸福的表象、幸福的层次、幸福的形式千姿百态。

那么，幸福可以是身体健康、生活如意、夫妻恩爱、家庭和睦、事业顺利；可以是吃饱穿暖、锦衣玉食、有房有车、生活安逸、大富大贵、位高权重、环游世界、太空漫步；可以是黑夜里的灯火、寒冬里的温暖、酷暑时的凉风；可以是口渴时的一杯水、饥饿时的一顿饭、寒冷时的一件棉衣、一盆炭火、睡觉时的一张床、久旱时的一场雨，以及心仪已久的电影、物品、童年的新衣服、玩具等。

幸福还可以是朋友相见、把酒言欢的热闹，清风明月、鸟语花香的独处，且歌且舞的动、看书写字的静，酒肉牌麻的俗、诗词琴画的雅，富贵家庭的荣耀、平常日子的恬淡。

那么，当我们获得物质和精神上的极大满足，获得内心的舒适和安逸，是不是就意味着登上了幸福的最高境界？

新时代的劳动者是有着充分文化自信、精神生活十分充盈的，劳动不仅是生存的需要，更是经历幸福人生、完成自我超越、实现社会价值的需要。奋斗幸福观所崇尚的幸福，正是多重意义的愉悦和享受。当奋斗能产生效益，当奋斗能带来愉悦，当奋斗成为一种信仰，中华民族的复兴大业将迅速汇聚空前的能量。以奋斗实现个人梦想，以奋斗实现中国梦，将奋斗融于日常，将民族复兴和个人梦想和幸福通过奋斗紧密相连，这种幸福来得更有温度、更有力度。

奋斗是幸福，由奋斗延伸的奉献，又何尝不是一种幸福？就家庭而言，为人子女，为父母做平常的饭菜、买需要的衣物、带他们旅游、生病时尽力侍奉，看着他们健康、开心，何尝不是一种幸福？树欲静而风不止，子欲养而亲不待，时间不等人，尽孝更是刻不容缓；为人父母，日复一日、年复一年面对大小孩子各种琐碎、各种辛苦，其中滋味不言而喻，而且孩子长大，也意味着自己变老。其实，陪伴何尝不是一种获得？孩子的成长无法复制，无论哪个阶段，有机会亲历就是非同寻常的幸福，走遍世界，看尽繁华，这幸福千金难买。就社会效应而言，不同职业、不同岗位的人们，面向群体不同，奉献大众的形式和姿态也各不相同。教书育人、救死扶伤、保家卫国、机关公务、城市保洁、志愿服务等，奉献社会、服务大众是意义更为深远宽广的幸福！

如果你问我是否幸福，我想我会说，是的。幸福没有固定的概念，完全取决于内心的愉悦感觉，无论它是什么模样、什么姿态、什么感觉、什么味道……重要的是你觉得自己幸福吗？繁忙的生活中，让我们暂且放慢脚步，静下心来，悉心感受，寻味幸福，愿你我都能看见幸福的花开，并在幸福中品尝它的滋味。

顿　悟

连绵多日的秋雨，心情如这天气一样，有些潮湿和郁闷。清晨，终于雨霁，我便想到不远处的湖畔走走。

经过雨水的洗涤，雨后的叶片洁净养眼，碧绿透亮，空气湿润清新，加上清风的吹拂，这湿润清新便直直地沁入我的心底，不由得深呼吸，让五脏六腑沉浸在湿润清新的秋风中，顿觉神清气爽，郁闷一扫而空。

聆听悦耳的声声鸟鸣，依湖畔的青砖小径缓步而行。走过翠绿垂柳，长长的柳丝拂过脸颊，牵绊着我的手臂，像一个长发少女热情地相邀。走过荷塘，荷花粉白俏丽，微风送来阵阵清香。走近细看，圆圆的荷叶中间，颗颗雨珠晶莹剔透，荷塘边斜斜俏立的青青芦苇，苇絮微微泛黄，随风轻摇、姿态优美，仿佛在向我招手致意。宽阔的湖面波光微漾，倒映着片片白云、错落有致的绿树和楼房的倩影，也倒映着造型别致的蓝桥，在清澈的湖面上留下美丽的弧线。

那一泓碧绿的水上，有三两只水鸭在悠闲地漫游。我走上观景台，伸臂、弯腰、舒展身体，看对岸和远处的风景，让心情沉浸在愉悦中，看到蓝桥上有人拍照，忽然想到一首小诗："你站在桥上看风景，看风景的人在楼上看你。明月装饰了你的窗子，你装饰了别人的梦。"

而对岸的垂钓者们也不经意间进入了我的视线，他们坐在一个个遮阳伞下，撑着长长的钓竿，全神贯注盯着水面，很久很久，一动不动。我有些不解，是什么样的魅力驱使这些人从繁华世界来到安静的湖边，一坐一天，风雨无阻，甚至晚上打着手电也乐此不疲？又是什么样的魔力支撑着他们日复一日专注地陶醉在看似非常枯燥孤独的世界，安于枯燥、安于孤独？

也许对他们来说，这是暂时放下现实生活的忙碌，能够长久超脱于琐碎的世俗生活之上的精神寄托。由此我也想到了那些棋牌一族、戏迷一族、健身一族，他们如守时的上班族一样，风雨无阻、不知疲倦，他们是否也在寻求一种能够自由舒展的愉悦空间？

生活不易，各种酸甜苦辣交织，各种琐碎相互缠绕，人们会不同程度地被束缚、被捆绑，然而我们都在通过不同的形式、不同的媒介孜孜不倦地追求快乐。这或许是很多人的向往和追求，是一种积极阳光的人生态度。

雨后的阳光穿过高高的林梢洒下道道明媚的光线，也在林中的芳草地洒下柔和的光影，晓风拂去了夏日的炙热，带来一些初秋的清爽、明净与温馨。湖畔的垂钓者们依然沉浸在自己的快乐世界；一位可爱的老先生举起手中的相机，沉浸在雨后美丽的一刻，浑然不觉旁人的抓拍；两个结伴而来的女子款款走过，阳光下的佳人巧笑嫣然……我也在幡然的顿悟中细细品味着他们的快乐，在初秋的阳光中品味着不期而至的愉悦……

匆　匆

下班后，在疾驰的公交车上，向窗外无意地一瞥，我看到了天空中那一片片金色的彩云。

金色光晕里的彩云很薄、很轻盈，我不禁想到了女子秋天的丝巾，浅粉的颜色，朦胧的质地，柔滑的触感，飘扬的姿态；又想到微风中穿着几层薄纱裙服的女子，淡淡的妆容，轻盈的飘带，飘逸的发丝与裙裾……这画面，这韵味，不知不觉就温润了秋季的天空，温润了微凉的秋意，也舒缓了忙碌的心情，一颗心跟着轻盈地飞扬起来，短暂的旅途也有了几分意趣。

下了车，第一件事就是来到小公园的开阔地拍照，我想留住这一刻的美。仰望天空，那彩云已经变成了两只金凤凰的样子，优美共舞，羽翼长长，舞姿翩翩，飘逸优雅，和谐亲密，偌大的天空变成它们的舞台，高大的树木是拢起的幕帘，风和鸟语是它们的背景音乐，欣赏着它们的表演，感受云的热情和浪漫。或许它们还要到别处去表演，很快，两只凤凰已相伴翩然而去，渐渐与天空融为一体，落下几根长长的羽毛，飘荡在湛蓝的天空，再仔细看，那几根又像极了水边金色的芦苇，悠闲地在风中摇摆，相互致意。

因为公务在身，我不能久留，于是暂且告别这片云的舞蹈。等我再次来到这片天空下，想在这开阔的地方寻找最佳的角度再拍下彩云的时候，天空哪里还有彩云的踪迹？两只凤凰已经翩然飞远，灰蓝代替了湛蓝，没有了彩云的靓丽装点，天空写着暮色即将来临的落寞，只有一两抹淡淡、斜斜的光晕漫游着，那也许是遨游天际的凤凰遗落的一两根金色羽毛，只有它告诉我金凤凰的确来过，只是它们的脚步实在太匆匆！

渐渐地，那一两片金色的羽毛变成了一条细细长长的光线，与淡蓝的天空浑然一体。混沌一片，分不清哪一片是云，哪一片是天，或许云和天本来就是一体的，它们的心是紧紧贴在一起的，只是某一个时间里，风把它们分开了，变幻成各自的模样，变幻出美妙的千姿百态。只可叹时光太匆匆，芳华转瞬即逝……

雏 菊

靳录老师有首词，题目是《长相思·喜相逢》，词曰：

思长长，念长长。思念长长雏菊黄。相逢于故乡。
道长长，路长长。道路长长明月光。雎鸠唤苇塘。

因为雨中的相逢，这条幽静的林间小路，我唤它雨路。雨路深深，记忆在深处，思绪在深处……

雨丝绵绵，千条万线。诗人的思绪随风回到很久很久的从前。

很久有多久，从前是哪年？长长的时光里岁月的河流在静静流淌，青青的芦苇伴着荷叶一起随风荡起绿色的柔波，一如秋天里微风和细雨的陪伴。或许诗人已记不得哪年、哪月，或许就在这样的浅秋，这样的雨，爱雨的诗人撑了一把伞，独自走在故乡的荷塘边，犹如走在寂寞悠长的雨巷，邂逅着温柔的风姑娘，感受雨的温馨、雨的诗意。雨路长长，情思长长，诗人听风、听雨、观荷，看飘逸的芦苇随风摆荡，蓦地一朵黄色的雏菊与诗人的眼光不期而遇，那一抹黄，如少女的羞涩，如露珠的清新，如雨荷的娴雅，也许是诗人忘情的注视，雏菊轻轻低首，当风中飘来一缕香，这一抹秋黄便初次印在了诗人的心海，这一缕沁人心脾的幽香轻轻在诗人心上飘荡……

雨滴点点、风中轻弹，转眼又是一个秋，风依旧，雨依旧，荷塘和芦苇依旧，小路依旧，诗人再次回到故乡，寻觅心中的那抹秋黄。此刻蛙鸣依旧、蝉声渐远，那一朵清新可爱的小雏菊却已不见芳踪。这一抹羞涩去了哪里？是随着蒲公英一起飘向了远方的故乡，还是独自去了那路漫漫的远方流浪……思长长，念长长。思念长长雏菊黄。然而此刻却是寒蝉凄切、骤雨初歇，诗人急切地问风儿，问鸟儿，问长空，问白云，请问那一朵小雏菊去了何方？然而风中只是传来诗人呼唤的阵阵回声……

思念长长雏菊黄。只是，何时相逢于故乡？

雨丝长长，思念长长，千丝万缕，梦里缠绵。或许这思念、这缕香，已化作诗人窗前的一轮皓月，夜夜洒下皎洁月光，在诗人玲珑忧伤的诗里飘荡，在诗人绵长辗转的梦里徜徉，不知不觉就沧桑了岁月，憔悴了时光。多年以后，在一个月色姣好的夜晚，或许在梦中，诗人听到一阵阵悦耳的鸟鸣，在窗外呼唤着诗人，那是谁在呼唤？哦，是一群多情的雎鸠，还有温柔的蓝雀，飞越千年的漫漫时空，乘着诗经的翅膀结伴翩翩而来，引领着诗人踏上铺满月色的荷塘小路。鸟儿振翅飞翔，诗人步履匆忙，诗人问鸟儿：我的朋友，我们要去哪里？鸟儿回首微笑不语，飞过荷塘，飞向茂密生长的苇荡，开始停下盘旋歌唱，诗人蓦然看见，一大片雏菊沐浴着皓月的光芒，突然缤纷盛开，随风摇曳，巧笑倩兮，美目盼兮，仿佛一直在寂寞中等待的伊人突然邂逅心中的爱人，瞬间惊喜、心酸、感慨一齐涌上心头，怀着万千思绪奔向久别的人，围绕着诗人翩翩起舞，眉目含情，顾盼生姿，珠泪纷纷，幽香阵阵。突然一声嘹亮的蛙鸣，大自然同时奏响美妙的交响，青蛙、秋虫、清风、鸟儿合唱起动听的赞歌：思长长，念长长。思念长长雏菊黄。相逢于故乡。道长长，路长长。道路长长明月光。雎鸠唤苇塘。雎鸠和蓝雀仿佛受了这一幕的感染，围绕诗人和雏菊翩翩飞舞，动情地礼赞这旷世的相逢……

诗人恍若梦中，满怀幽香，情不自禁随着这一切手舞足蹈、喜极而泣、热泪盈眶……